가
짜
와

진
짜

가짜와 진짜

초판 1쇄 발행 2018년 7월 10일

지은이 김승옥
펴낸곳 보랏빛소
펴낸이 김철원

책임편집 유지서
기획·편집 김이슬
마케팅·홍보 박소영
표지·본문디자인 어나더페이퍼

출판신고 2014년 11월 26일 제2014-000095호
주소 서울특별시 마포구 월드컵북로6길 60, 덕산빌딩 203호
대표전화·팩스 070-8668-8802 (F)02-323-8803
이메일 boracow8800@gmail.com

가
짜
와

진
짜

김승옥 소설

보랏빛소
Borabit Cow

차례

아내의 몸

결혼한 지 삼 년이 지났는데도 나는 아직 아내의 발가 벗은 알몸을 보지 못하고 있었다.

결혼 직후, 이른바 신혼 기간 중에 잠자리에서,

"좀 보자."

내가 조르면 아내는,

"미쳤어요?"

질겁하며 파자마의 옷깃을 꼬옥 여미고 그래도 안심이 안 되어 이불로 몸을 둘둘 말아버리는 것이었다. 알몸을 보고 싶어 하는 나를 아내는 완전히 치한 취급이었다. 그런

취급을 받고 보면 나 역시 아내가 그토록 부끄러워하는 일을 강요한 것이 슬그머니 미안해지며 남편한테조차 아직 부끄러움을 지키고 있는 아내가 순결한 성처녀 같아 우러러보이기까지 하는 것이었다. 그리고 나한텐 역시 치한의 소질이 있나 보다고 스스로를 부끄럽게 여기곤 했다.

그러나 결혼한 친구들의 얘기를 술자리 같은 데서 엿들어 보면, 결혼 첫날밤부터 아니 결혼 전 벌써 연애 시절부터 부부가 둘 다 발가벗는 것은 말할 것도 없고 불까지 환히 켜놓고 부부 행위를 하는 모양이고 그러노라면 아내의 알몸을 오히려 보고 싶지 않아도 저절로 보게 마련인 모양이었다. 친구들의 부인 중에는 심지어 집 안에 다른 식구가 없을 때는 홀딱 벗은 몸으로 집 안을 돌아다니며 차도 끓이고 반찬도 만들고 빨래까지 하는 바람에 혹시 이웃집 사람들 눈에 띌까 봐 질색한 남편이 황급히 유리창의 커튼이랑 커튼은 모조리 닫고 다녀야 하는 경우도 있다는 것이었다.

그런 얘기를 들으면 나는,

"그래, 그래. 부부란 그래야 할 거야. 서로 감출 거 없이

툭 터놓고 지내야지. 에덴동산이 뭐 따로 있겠어? 부부가 부끄럼 없이 발가벗고 지낼 수 있으면 에덴동산이지."

숨 가쁜 소리로 말하며 그 아름다운 풍경을 상상해보고 그 친구를 부러워하는 것이었다. 정말이지 나의 아내도 발가벗고 집 안을 돌아다니며 차도 끓이고 밥도 짓고 먼지도 털고 그러다가 역시 발가벗고 있는 내 무릎에 와서 앉기도 하고 그런다면 얼마나 좋을까!

그러나 그런 공상은 어디까지나 공상으로 끝날 뿐이었다. 아내가 유난히 부끄럼 타는 성격이 아니라고 하더라도 남의 집의 셋방살이라는 환경에서는 그건 진짜 헛된 공상일 수밖에 없는 것이었다. 선풍기 바람조차 미지근하게 느껴질 만큼 더운 여름날, 내가 물이라도 한 바가지 끼얹고 싶어 욕실에 가려고 언더셔츠와 팬티만의 차림으로 일어서면 아내는,

"복도에서 주인집 식구를 만나려면 어쩌려구."

질색하며 하다못해 반바지라도 기어코 꿰어 입히는 것이다.

"안 볼 때 슬쩍 갔다 올게."

"안 돼요. 어서 바지 입으세요."

"주인남자는 우리 보는 데서 웃통까지 홀떡 벗고 팬티만 입고 왔다 갔다 하잖아! 그런데 뭐 나라고……."

"안 돼요. 그 사람들은 상것들예요. 어서 바지 입고 가세요."

할 수 없이 바지를 올리고 있는 나한테 아내는 가만히,

"그러니까 빨리 우리 집을 가져야 해요. 벗고 다녀도 흉볼 사람이 없는……."

그래, 우리 집이 없기 때문이야. 아무도 엿볼 염려가 없는 우리 집이 있으면 아내도 벌거벗고 다닐 수 있을 거야. 그렇게 생각하며 아내가 잠자리에서조차 기어코 파자마를 벗지 않는 그 부끄러움이 실은 누가 엿보고 있는 것만 같은 셋방살이의 불안이라고 깨닫고 나는 아내에게 몹시 미안해하곤 했다.

그러나 결혼한 지 이 년이 지나 작은 평수나마 샤워, 수세식 변기, 가스레인지 등 갖출 것은 다 갖춘 아파트를 '우

리 집'으로 가지게 된 이후에도 아내는 여전히 벗을 줄 몰랐고 나한테도 역시 바지 단속을 하는 것이었다.

"커튼을 닫으면 될 거 아냐? 그러면 앞 동, 뒤 동 사람들한테도 안 보일 거구……."

내가 불평하면 아내는 이제 벽이나 의자다리를 붙잡고 걸음마를 시작한 우리의 첫애를 가리켜 보였다.

"애개! 그럼 저 애 때문에 나보고 안에서도 바지를 입고 있으란 말이야?"

"애를 상것으로 키우고 싶으세요? 그만큼 잔소리했으면 이젠 습관이 되셨을 텐데……."

그런 아내에게 우리 홀딱 벗고 지내자는 건 말도 꺼낼 수 없는 일이었다. 다만 우리 집을 가진 후로는 부부 행위를 할 때 잠시 알몸이 되어 주곤 했다. 물론 조명이란 조명은 다 꺼버린 캄캄한 어둠 속에서지만. 그리고 행위가 끝나면 아무리,

"절대로 불 켜지 않을 테니 그냥 이대로 알몸으로 자자."
고 해도 기어코 그 웬수 놈의 내리닫이 파자마를 꿰어 입는

것이었다.

"당신 목덜미의 까만 점 말이야, 참 예뻐. 그런 점이 몸에 몇 개나 있을까? 내가 세어봐줄게."

이런 말로 꼬셔봐도,

"육이오 때 말이야, 학살당한 시체들 중에서 자기 가족을 찾는데 시체들이 워낙 부패해서 얼굴이 구별이 안 되더래. 그래서 다리의 흉터라든가 뭐 그런 특징들을 가지고 간신히 찾아냈는데 우리도 말이야, 만일……"

그런 협박을 해봐도,

"당신 몸에 무슨 큰 흉터나 반점 같은 거 있지? 그래서 나한테 보이기 창피한 거지?"

약을 올려봐도,

"등 밀어줄게."

욕실 앞에서 문을 두드려봐도, 아내는 내 소원을 들어주려 하지 않았다. 물론 아내의 몸에 큰 흉터나 반점이 없다는 건 알고 있다. 비록 어둠 속이지만 아니 어둠 속이기 때문에 나는 잠깐 벗고 있는 아내의 몸을 손으로나마 실컷 만져보려고 기를 쓰곤 했던 것이다. 눈으로 못 보는 대신 손으로 본다고 할 수 있을 만큼 몸의 구석구석을 더듬곤 했던 것이다. 내 손이 본 대로라면 아내의 몸은 티 하나 없고 생선처럼 매끄럽고 쭉 뻗은 아주 근사한 몸이었다. 그러니까 더욱 내 눈으로 보고 싶은 것이었다. 아무리 옷을 입고 있더라도 그 옷 속에 담겨 있는 알몸의 생김이란 대강 짐작할 수 있는 법이다. 만약 아내가 시커먼 닭살에 절구통 같은 허리에 보리 겨를 담은 자루처럼 축 늘어진 엉덩이를 가진 몸이라면 물론 나는 처음부터 보고 싶어 하지도 않았을 것이다. 그렇지가 않고 외국 명화 속의 나체 여인들보다도 더 아름다울 것 같기 때문에 내 눈으로 확인하고 감동하고 싶어 안달인 것이었다.

그런데도 아내는,

"알몸 같은 거 봐서 어쩌자는 거예요?"

"어쩌자라니? 좀 보여주면 어때서? 닳아지나?"

"아이, 화내지 마세요. 화내시면 내가 더 창피해지잖아요?"

"왜 안 보여줘? 그림처럼 감상 좀 하겠다는데. 그보다 도 당신 정신분석 좀 받을 필요가 있는 거 같아. 육체에 대하여 뭔가 심한 오해를 하고 있는 것 같아. 어렸을 때 뭔가 큰 충격을 받았던지 하여튼 어떤 정신적인 장애가 있어, 틀림없이. 육체는 더러운 거다 하고 억압하는 뭔가가 있는 거야. 당신을 그 억압으로부터 해방시켜야겠어."

"어머, 해방시켜서 어쩌게요? 그리고 뭐 어렸을 때 충격 같은 거, 나 없어요."

"아냐, 있었을 거야. 그 억압으로부터 해방돼야 해. 육체란 아름다운 거야. 육체를 아름답게 느끼고 살 수 없으면 인생의 아름다움을 절반은 모르고 사는 거야."

"내가 언제 육체가 더럽다고 했나요?"

"그런데 왜 안 보여줘? 만일 당신한테 그런 정신적인 장애가 없다면 아마 나를 사랑하지 않으니까 그러는 것일 거야. 사랑하지 않으니까 탁 터놓고 자기의 모든 것을 보여주고 싶지 않은 것일 거야."

"정말 그런 식으로 말하기예요?"

"그렇잖아? 날 사랑하지 않으니까……."

"반대예요. 사랑하니까, 당신의 사랑을 오래오래 붙잡아두고 싶으니까 신비한 구석을 남겨두려고 그러는 거예요. 아무리 부부 사이지만 서로 신비해 보이는 부분이 있어야만 싫증 내지 않고 처음 만났을 때 같은 사랑이 유지될 거라고 생각해요. 난 당신을 평소엔 뭐 그렇고 그런 평범한 남자구나 생각했다가도 당신이 쓴 소설을 읽을 때면 어떻게 이런 생각이 났을까 하고 당신이 참 신비해 보여요. 그럴 땐 당신이 생판 모르는 남인 듯 안타까워지면서도 동시에 전에 못 느낀 사랑을 느끼곤 해요. 그래서 생각해본 거예요. 당신한테 보여줄 나의 신비는 무엇일까? 창피하지만 몸뚱이밖에 없는 거 같아요. 내 머릿속은 당신이 알다시피 텅텅 비었구……."

"당신 머릿속이 뭐가 비었단 말이야! 이런 영리한 소리를 하면서……."

결국 나는 단념할 수밖에 없었다.

아내의 알몸을 처음 본 것은 실로 결혼한 지 삼 년 몇 개월 만이었다. 아내가 아파트 앞 한길에서 자동차에 부딪쳐 기절해 쓰러져 있는 것을 병원에 데려갔을 때 의사가 아내의 피투성이 다리를 가리키며,

"괜찮습니다. 다리뼈만 약간 다쳤으니까요."

그리고 수술 준비를 시키면서 간호원에게 아내의 옷을 홀랑 벗기고 환자용 가운으로 갈아입히라고 지시했을 때였다.

정신을 차린 아내가 부상의 고통 때문에 찡그린 얼굴로 나에게,

"당신이 갈아입혀줘요. 다른 사람한테 보이는 건 싫어요."

그리고 내가 아내의 알몸에 가운을 입혀주고 있는 동안 아내는 신음 틈틈이 말하는 것이었다.

"사실은 살다가 보면 뭔가 큰 사고를 당해 병신이 될 거 같아서…… 만일 당신이 맨날 옛날의 내 몸만 생각하면 어쩌나 하구……."

아아, '살다가 보니' 그렇게 되는 피투성이의 알몸만이 아내가 남편 앞에 떳떳이 내놓을 수 있는 몸인가!

한밤중의
작은 풍경

딩동.

초인종 소리가 정적을 깨뜨리고 그 여운이 파문처럼 번져나가 집 안 구석구석으로 스며들었다. 그리고 그 한 번 울린 걸로만 그치고 주위는 깊은 정적이 다시 휩쌌다.

누굴까, 이 시간에? 자정도 넘어 새벽 한 시가 오 분밖에 남지 않은 시간이었다. 아내와 아이들은 안방에서 잠든 지 오래고, 그 혼자 거실 소파에 앉아 정기구독하고 있는 월간 시사잡지를 읽고 있는 중이었다. 새벽 한 시엔 전화벨 소리도 섬찟해지는데, 하물며 지금 현관 밖에 누군가 와서 초인종을 누르며 문을 열라고 하니 분명히 반가운 일은 아닐 거라는 예감으로 바싹 긴장이 되는 것이었다. 마치 피투성이로 다 죽게 된 사람이 간신히 이 집 문 앞까지 기어와서 마지막 힘으로써 초인종을 누른 후 쓰러져 있는 것만 같은 느낌이 문 쪽에서 전해져오는 것에 그는 섬찟했다.

"누구요?"

그는 현관문 앞으로 다가가 무겁게 그러나 바깥에 있는 사람이 충분히 들을 수 있는 음성으로 말했다.

"저예요."

헛김 빠지듯 낮고, 쉰 여자의 음성이 기다렸다는 듯이 튀어나왔다.

"누구시죠?"

그는 확인하기 위해서 좀 더 큰 음성으로 물었다.

"저 기수 엄마예요. 저 앞 동 이성진 씨 집의⋯⋯."

"아! 잠깐만 기다리세요."

"죄송해요. 밖에서 보니까 불이 켜져 있길래⋯⋯."

"예, 괜찮습니다. 잠깐만 기다리세요."

그는 잠옷차림으로 이웃집 부인을 맞아들일 수 없었다. 그보다도 이 기수 엄마는 아내의 손님일 터이므로 아내를 깨워서 맞이하게 해야 할 것이다. 이 시간에 목쉰 음성을 해 가지고 찾아온 걸 보면 심상찮은 일이 있었던 게 틀림없다. 부부싸움이 잦다는 얘기를 들은 적이 있다. 남편인 이성진 씨는 섬유 관계의 주식회사 이사로 근무하고 있다. 같은 남자끼리 보면 능력 있고 겸손한 사람이다. 그러나 부인 입장에서는 남편이 도박에 지나치게 빠져 있고 병적인 의처증을 가지고 있는 괴로운 남자였다. 삼십 대 중반의 어느 가정에서나 흔히 볼 수 있는 부부 사이의 티격태격이라고 하기에는 확실히 정도를 넘는 과격한 부부싸움이고 그 횟수가 잦았다. 국민학교와 유치원에 다니는 아이가 둘이나 되는데도 걸핏하면 이혼이라는 낱말이 오간다는 것이었다.

의처증의 원인은 아내를 처음 만난 게 비어홀이었기 때문이다. 그녀는 대학시험에 떨어져 재수생활을 하고 있을 때, 친구들과 어울려 호기심 반, 독립심 반으로 부모 몰래 비어홀 호스티스로 들어갔고, 비어홀에서 처음으로 출근

한 날 손님으로 온 이성진 씨를 만났고, 이성진 씨는 이런 데는 호기심으로 나올 데가 아니라며 그녀를 끌어내어 애인으로 잘 간수하다가 이 년 후에 부인으로 만든 거였다.

아내가 순결한 처녀였다는 걸 누구보다도 잘 아는 이성진 씨지만 나이가 들어갈수록 오히려 처음 만난 장소를 가지고 트집을 잡으며, 아내의 천성에 바람기가 있는 게 아니냐며 시장 다녀온 시간까지 확인해보곤 했다.

어쨌든 오늘 밤도 심한 부부싸움이 있었던 게 틀림없다고 그는 생각했다. 집을 뛰쳐나왔으나 정작 갈 데가 없고 마침 우리 집에 불이 켜져 있으니까 식구들이 안 자고 있는 줄 알고, 아내에게로 피난할 겸 호소도 할 겸, 조심스럽게 찾아온 것이리라.

"여보, 기수 엄마가 왔어. 요 앞 동 이성진 씨네 말이야. 부부싸움하고 피난 온 모양이야."

"지금 몇 신데?"

"새벽 한 시야."

"미친년!"

주섬주섬 옷을 챙겨 입고 현관으로 나간 아내가 잠시 후에 돌아왔다. 그동안 그는 안방 어둠 속에 앉아서 아내가 기수 엄마를 빈방으로 안내해 들어가기를 기다렸다.

"어떻게 하지, 이부자리가 마땅찮아서……."

"갔어요."

"갔어?"

"돌려보냈어요. 이런 시간에 남의 집엘 오는 여자가 어딨어요. 여관으로 가든지, 차라리 얼어 죽더라도 길에서 새우든지 할 거지. 그렇게 자존심이 없으니까 남편한테 그 구박받는 거라구요. 남편한테 얻어맞구, 온 얼굴이 피투성이 잖아요. 돌아가서 더 얻어맞다가 죽으라구 했어요."

말하고 나서 이부자리 속으로 들어간 아내는 이불을 머리까지 뒤집어쓰더니 어깨를 들먹이며 울기 시작했다.

잠시 후에, 그는 조용히 현관문을 열고 밖으로 나왔다. 캄캄한 어둠 속에서 아직도 차가운 2월의 찬바람이 온몸을 금방 얼어붙게 했다. 그는 어둡고 차디찬 허공을 물끄러미 들여다보았다. 여자들의 삶은 남자의 삶과 어딘지 좀 다른 것 같다고 그는 생각하고 있었다.

　피투성이인 이웃집 부인을 받아들이지 못하게 하는 엄격함은 어디서 오는 것일까? 어떠한 부정不淨으로부터도 자기 가정을 지키려는 여자들의 안간힘이 2월의 밤바람보다 더 매섭게 휘몰아쳐옴을 느꼈다.

산다는
것

인터폰의 신호음이 울렸다. 창우는 수화기를 집었다.

"네에, 자재꽙니다."

"이 차장님, 5번 전화예요."

교환 아가씨의 음성이 수화기 속에서 산뜻하게 울렸다.

"네에."

창우는 키폰의 5번 키를 눌렀다.

"여보세요."

수화기 속에서 달려 나오는 것은 뜻밖에도 신자의 음성
이었다. 지난 삼 년 동안의 관계를 서로 깨끗이 잊어버리기로 약속하고 작별한 지 일주일밖에 안 됐다.

"아, 나야."

버릇이 돼온 자연스런 반말로, 그러나 옆자리 동료들을 의식하여 낮고 굵직한 음성으로 창우는 달려 나온 여자의 음성을 받았다. 그런데 수화기 속에서 신자가 울음을 터뜨렸다.

"왜? 무슨 일이 있어?"

"미안해요, 용서해주세요."

울음 틈틈이 신자는 자꾸만 미안하다는 말과 용서해달라는 말만 하고 있었다.

"왜? 무슨 일인데 그래?"

으스스한 예감에 사로잡히며 창우는 물었다. 간신히 용기를 낸 듯, 그러나 여전히 울면서 신자가 말을 꺼냈다.

"아빠한테 모든 걸 얘기해버렸어요. 우리 사이에 있었던 일을 모두요. 이웃 사람들한테 들어서 다 안다구, 감추지 말구 자백하라구……."

창우는 가슴이 덜컹 내려앉고 온몸에서 힘이 빠져나가

는 것을 느꼈다.

"바보같이! 절대로 말하지 않기로 했잖아!"

"술을 잔뜩 마시고 와서 마구 때리잖아요. 어젯밤 밤새도록 얻어맞았어요. 안 살면 그만이지 싶어 말해버렸어요."

삼 년 동안 부부처럼 사랑했던 여자가 우락부락한 남편의 주먹에 얻어맞고 발길에 채이고 머리채가 뽑히고 있는 장면이 눈에 보듯 생생하게 상상되어 창우는 가슴이 아팠다.

"나, 죽어버리고 싶어요. 하지만 아이들이 너무너무 불쌍해요."

그 여자의 자식들에 대한 헌신적인 애정의 지극함은 창우가 잘 알고 있었다. 국민학교 오학년, 삼학년 그리고 유치원에 다니는 아들딸들을 신자는 무서운 집념을 가지고 보호해왔다. 그 여자가 이 세상에서 진실로 사랑하고 있는 대상은 그 아이들뿐이라는 걸 창우는 잘 알고 있었다.

"죽다니…… 그런 나쁜 생각 말구…… 으음, 이따가 좀 만날까?"

"안 돼요, 아빠가 자기 만나러 갈 거예요."

"뭐? 날 만나러 온다구?"

"아무리 가지 말랬지만…… 정말 나 죽고 싶은 마음뿐이예요. 용서해주세요. 혀를 깨물고 죽어버리는 건데."

신자의 남편이 금방 사무실로 쳐들어와 많은 동료들이 보는 앞에서 주먹질을 해댈 것 같아서 창우는 온몸이 떨리기 시작했다.

"자리를 피하세요. 그 사람, 화나면 꼭 짐승 같아요. 평소엔 얌전한데 화나면 물불을 못 가리고 꼭 미친 사람 같아요. 친구분한테 자기 회사 그만뒀다고 하라구 부탁해놓고 자리를 피하세요."

그것도 꾀라고 일러주고 있는 신자에 대하여 창우는 앙큼하다기보다 차라리 가엾은 느낌이 들었다. 그래서 억지로 침착한 음성을 짜내어,

"알았어, 내가 알아서 할게 너무 걱정 말구. 그리고 죽는다든가 하는 생각은 절대로 하지 말아. 아이들을 생각해야지."

"네, 정말…… 정말……."

정말 미안하다는 말이 하고 싶은 것이겠지 짐작하며 창우는,

"전화 끊어."

먼저 수화기를 놓아버렸다.

남편이 쳐들어온단다. 자, 어떻게 한다지? 그러나 창우는 갑자기 아무 데라도 누워서 잠들어버리고 싶은 만큼 짙은 피로감에 휩싸이기만 할 뿐 뭘 어떻게 해야 좋을지 알 수 없었다.

신자를 처음 알게 된 것은 삼 년 전 겨울 어느 날 밤이었다. 회사에서 늦게 퇴근하여 귀가하다가 동네 골목길에 있는 포장마차에 한잔하러 들렀다. 손님이라곤 여자 한 사람뿐이었다. 차림새로 보아 정숙한 가정부인 같은데 살 희망을 잃은 사람 같은 표정으로 독한 소주를 반병쯤 비워놓고 있었다. 미인이라고 창우는 생각했다. 그러나 이런 늦은 시간에 혼자 술을 마시고 있는 여자니 뻔한 여자라고도 생각했다. 창우가 들어선 지 얼마 안 되어 여자는 조용조용히 계산을 하고 나가버렸다. 묻지도 않았는데 포장마차 주

인여자는 창우에게 그 여자에 대하여 알고 있는 걸 얘기했다. 며칠 전에 이 동네로 전셋집을 얻어 이사 온 여잔데 아이가 넷 딸린 과부이고, 아이들을 재워놓고 나서 저렇게 술을 마시러 온다는 것이다. 술을 마셔야만 잠이 오기 때문이다. 파출부를 하면 한 달 수입이 얼마나 되는지 알고 있느냐는 등 묻는 걸 봐서 생계가 퍽 어려운 과부인 모양이라고 포장마차 주인여자는 말했다. 다음 날 밤에 창우는 일부러 그 포장마차를 찾아들었다. 오늘은 창우가 먼저였다. 여자는 어제보다 더 살 희망 없는 얼굴로 조용히 술을 마시고 나갔다. 그동안 내처 창우는 여자를 몰래 관찰했다. 죽음의 그림자가 그 여자를 가득히 에워싸고 있음을 느꼈다. 수년 전 아내와 이혼하고 났을 때 그를 덮쳐오던 그 절망감이 지금 그 여자를 암흑 속으로 한 발짝 한 발짝 끌어당기고 있음을 창우는 보는 듯했다. 그다음 날 밤에 그 여자가 오기를 기다리는 일초 일분이 그렇게 지루할 수가 없었다. 그 여자가 오지 않으면 온 동네를 한 집 한 집 뒤져서라도 찾아내고 말겠다고 생각했다. 여자가 들어섰을 때 그는 자기가 그 여자 없이는 살아가기 어려울 것 같다는 확신을 가졌다. 다음 날부터 그들의 사랑은 시작되었다. 그러나 신자는 한사코 결혼만은 동의하지 않았다. 아이들에게 의붓아버지를 갖게 하고 싶지는 않다는 것이었다. 매일 적당한 시간에 창우의 아파트로 와서 빨래니 청소니 김장 따위의 살림을 해놓고 가고 일요일 같은 때 비교적 오랜 시간 창우에게 와서 함께 지내는 걸로 그들의 부부생활은 만족할 수밖에 없었다. 창우의 적잖은 수입은 두 집 살림에 투입되었다. 신자의 아이들은 남의 집 애들 못잖은 윤기를 가질 수 있었다. 그동안 신자는 한 번도 남편이 경제사범으로 교도소에 들어가 있다는 말을 하지 않았다. 그냥 과부인 체해왔다. 그 사실을 실토한 것은 일주일 전, 남편의 석방 통지를 받고 나서였다. 이용당했다고 분해하고 있기에는 너무나 어처구니없고 가슴 아픈 이별이었다. 남편하고는 이혼하겠다며 울고 있는 신자를 오히려 달래야 했다. 아이들을 봐서 절대로 이혼하지 마라. 너처럼 착하고 예쁜 여자를 삼 년 동안이나 사랑할 수 있었던 걸로 난 하나님께 감사한다. 남편에겐 결코 그동안의 일을 말하지 말고 너도 잊어버리고 나도 잊어버리고 깨끗이 헤어지자, 그랬었는데 이제 남편이 쳐들어온단다. 진짜 과부인 줄로만 알았다고 변명할 말이 없는 건 아니지만, 그 남편의 입장에서 창우를 보면 얼마간의 돈으로 유부녀를 농락한 파렴치한 사내로밖에 안 보일 게 틀림없었다.

아아, 죽고 싶은 건 나라고 생각하고 있는데 전화가 걸려왔다. 굵고 겸손한 남자의 음성이었다.

"이창우 씹니까? 전, 신자의 남편입니다. 직접 찾아뵐까 하다가 혹시라도 불안해하실 거 같아서 이렇게 전화로 말씀드립니다. 뭐라고 감사해야 할지 모르겠습니다. 이 선생이 아니었으면 우리 식구 모두 굶어죽었을 겁니다. 이 선생이 지으신 죄야 제가 진 죄에 비하면 죄나 되겠습니까? 정말 무어라고 감사해야 할지……."

이어지고 있는 남자의 겸손한 말을 들으며 창우는 교도소란 어떤 곳일까 하는 좀 엉뚱한 생각을 하고 있었다.

김수만 씨가
패가망신한
내력

김수만 씨가 패가망신했다는 소식을 친구들 편으로 전
해 듣고 모른 체하고 있기가 편치 않아서 나는 '오랜만에
저녁이나 함께 하자'고 그를 불러냈다.

김수만 씨가 어떤 과부와의 불륜 관계가 들통나는 바람
에 부인한테 이혼당하고 자식과 재산도 다 부인한테 빼앗
기고 직장도 정부산하 기업체의 부장 자리를 그만두고 어
느 개인회사로 옮긴 채 혼자서 셋방살이하고 지낸다는 소
문이었다.

패가망신의 경위에 대한 호기심이 없지 않았지만 그가

스스로 얘기를 꺼내지 않는 한 내가 먼저 묻지는 않겠다고 자신에게 다짐했고 대학생이 된 자녀들의 장래 결혼 같은 문제를 위해서라도 되도록 부인과 재결합할 노력을 포기하지 말라는 권고를 해보겠다고 생각하며 나는 회사 근처 횟집으로 그를 데려갔다.

"소식을 듣고 그냥 있기가 뭣해서······."

그래서 술 한잔 사는 거라고 우물쭈물 말끝을 흐리는 나에게 김수만 씨는 자신이 오늘날, 오십이 다 되어 자기 인생이 풍비박산 돼버린 경위랄까 요인이랄까를 간단명료하게 정리해 들려주는 것이었다. 마치 저녁을 사준 보답으로 들려준다는 듯 차분한 음성과 표정으로.

사람마다 약한 부분이 적어도 하나씩은 있나 봐. 그 약한 부분이 그 사람 인생을 예정에 없던 엉뚱한 꼴로 망가뜨려버리는 것 같아. 어떤 사람은 권력에 약하고 어떤 사람은 돈에 약하고, 술에 약한 사람, 도박에 약한 사람, 색정에 약한 사람. 그런데 난 과부한테 약했어.

자식을 데리고 혼자 살아가는 여자들 말이지.

우리 어머니 때문일 거야. 우리 어머니가 이십 대에 혼자되어 우리 형제들을 키웠거든. 전쟁과 가난 속에서 살아온 우리들이잖아. 인생을 살아보니까 요즘처럼 풍요하다는 세월에 남자가 억척스럽게 뛰어도 가족들 제대로 먹이고 입히기가 숨찬데 그 가난하던 시절에 여자 혼자서 도와주는 친척 하나 없이 가족을 부양해온 우리 어머니의 고생이 어떠했겠어.

'엄마, 학급비 가져오래' 하고 내가 조심스럽게 말을 꺼내면 '응, 그래, 그래' 입으로는 선선히 대답하면서도 망연한 표정으로 초점 없는 눈길로 먼 하늘을 바라보는 그 쓸쓸한 모습을 나는 항상 마음에서 지워버릴 수가 없었어.

나는 어디서나, 가령 지하철 승객들 속에서도 표정이나 태도만 봐도 혼자 힘들게 살아가고 있는 과부를 금방 가려볼 수 있어. 우리 어머니에게서 보이던 표정이나 몸짓과 똑같거든. 그래서 나이가 나보다 많건 어리건 과부로 보이는 여자는 다 우리 어머니처럼 여겨져서 친근감도 느껴지고 불쌍하기도 하고, 그냥 지나쳐버릴 수가 없어.

살아오면서 여러 아주머니들을 도와줬어. 변변한 도움은 못 됐겠지만 내 딴엔 성의껏 하느라고 했지. 그래야만 내 맘이 편했거든.

대학생 시절에 가정교사 자리를 구하고 보니 홀어머니가 조그만 지물포를 꾸려가며 아들딸 넷을 키우고 있는 집이었다. 그래서 가정교사 봉급은 사양하고 그저 밥 세끼 먹는 걸로 네 아이들 공부를 봐주기로 했지.

덕분에 내 학점은 엉망이 되더군. 큰아이를 명문고등학교 합격시키고 나서 '이제부터 네가 동생들 가르쳐라. 어려운 문제가 있으면 날 찾아오고.'

그렇게 떠맡기고 해방되었지. 그렇지 않았더라면 난 대학을 제대로 졸업하지 못했을 거야.

내 어머니처럼 여겨져서 측은한 마음에 불쑥 덤벼들었다간 내가 상당한 희생을 치를 수밖에 없다는 인생법칙 같은 걸 그때 좀 깨달았지만, 그래도 역시 초점 없는 눈길로 망연히 한숨 쉬고 있는 여자만 보면 내 처지나 분수를 깜빡

잊어버린단 말이야. 그게 바로 내 약점이었어.

감옥살이까지 하고 나와서도 화투짝만 보면 그만 세상만사 다 깜빡해버리는 도박꾼처럼 난 어린것들을 데리고 낑낑대고 있는 여자만 보면 내 빠듯한 월급도 잊어버리고 내 약점을 날카롭게 주시하고 있는 아내의 야무진 얼굴도 깜빡해버리고 그 과부를 도와주는 거야.

이번에 결국 사고를 치고 만 여자도 작년 이맘때 전철 안에서 만났어. 밤늦은 시각이었는데 전철 안은 승객이 꽤 많았지. 내 맞은편 좌석에 앉아 있는 다섯 살쯤 된 여자애가 지 엄마한테 몹시 칭얼대고 있더군. 못생기고 꾀죄죄한 매무새였어. 딸도 그렇고 이십 대 후반으로 보이는 엄마도 말이야.

아마 집에서라면 잠자리에 들 시간이니까 어린애가 졸음은 오고 좌석은 불편하니까 칭얼대는 모양인데 그 칭얼대는 품이 아닌 게 아니라 내 눈에도 지겹게 느껴지더군. 아기 엄마는 처음엔 좀 달래보기도 하는 것 같더니 어느 순간부터 갑자기 발광한 사람처럼 '입 다물어, 입 다물어.'

비명 같은 소리로 외치며 딸의 뺨을 찰싹찰싹 때리기 시작했어. 그 엄마 눈에는 자신의 딱한 처지밖에는 아무것도 보이지 않는 거지. 과부였던 거야.

아이가 발을 동동 구르며 큰 소리로 울며 외쳤지. '엄마, 나 설사했어. 설사했단 말이야. 엄마가 때리니까 나 설사했단 말이야.'

더 이상 보고 있을 수만은 없더군.

벌떡 일어나서 다가갔지. 아이를 안아들고 그 젊은 과부를 재촉해서 다음 역에서 내렸어. 지하철역 내 화장실로 데려가서 아이의 옷을 벗기고 몸을 씻겼지. 아이는 마치 친 아빠나 할아버지라도 된 것처럼 나한테 폭 안겨오더군.

그렇게 해서 만났는데 한동안은 아무 일 없이 잘 지냈어. 경제적으로도 내가 뭐 도와줄 필요도 없었어. 시내 음식점에서 종업원으로 일하면서 한 달 생활비는 충분히 벌고 있더군. 변두리 싸구려 월세방에서 딸 하나 데리고 사니까 큰돈이 들 것도 없었지.

나는 그저 한 달에 한두 번, 일요일에 아내한테는 등산

간다고 거짓말하고 그 여자 셋방을 찾았어. 그 여자가 끓여주는 두부찌개 같은 걸로 점심을 먹으며 하루 종일 아이한테 공부를 가르쳤지. 숫자 세는 것, 한글 읽기 같은 거 말이야.

그러는 동안 그 젊은 엄마한테도 필요한 게 있다는 걸 알게 됐어. 남자였지. 그 정도에서 딱 끊고 돌아서든지 어디 장가 못 간 농촌 청년이라도 하나 구해다가 결혼시켰어야 하는 건데 그만…… 내가 큰 실수를 하고 말았어.

김수만 씨는 술이 올라 벌게진 얼굴을 그 큰 손바닥으로 한번 훑어 내리며 얘기를 끝냈다.

"어쩌다가 이혼까지?"

"꼬리가 길면 잡히는 거지. 집사람한테 현장을 잡힌 거야. 집사람이 그러더군. 내 성격의 약점을 이해하고 용서해보려고 아무리 애를 써도 싸구려 셋방 꾀죄죄한 이불 속에서 기어 나오던 알몸뚱이들이 떠오르면 이빨이 저절로 뽀드득거린다는 거야."

"그래서, 그럼 지금 그 젊은 여자하고 지내는 거요?"

"도망쳐버렸어. 아이를 친정어머니한테 맡기고 일본 무슨 요릿집으로 갔다더군."

"앞으로 어쩔 셈이오? 혼자 살아갈 수는 없을 거구."

"아냐, 이제부터 진짜 할 일이 생겼잖아? 우리 집 과부를 위해서 열심히 돈 벌어 보내는 거 말이야. 그래서 일에 대한 의욕이 요즘 부쩍 강해지고 있단 말이지, 허허허."

크리스마스
선물

"엄마, 잘 자."

"그래, 잘 자."

"엄마, 꿈속에서 만나."

"그래, 꿈속에서 만나자."

"엄마, 산타 할아버지가 선물을 꼭 가져오지?"

"그러엄, 꼭 가져오지."

이불 속에서 한 마디씩 하는 세 아이에게 일일이 대꾸해주며 정애는 이불장에서 솜이불 한 채 더 내려 그것을 길게 접어 아이들의 머리맡을 담 쌓듯이 둘러주었다. 외풍이

심한 방이었다. 방바닥은 따끈따끈한데 코가 시렸다.

전등을 꺼주고 거실로 나왔다. 쪽마루를 깐 세 평 정도의 좁은 거실 복판에 놓은 연탄난로의 쇠뚜껑이 벌겋게 달아 있었고 그 위에 올려놓은 주전자에서는 물 끓는 소리와 함께 김이 나고 있었다. 그래도 거실 안이 따뜻하다고는 할 수 없었다. 마당으로 통하는 유리 낀 미닫이가 바람에 심하게 덜그럭대고 있었다. 금호동 산중턱에 북향하여 있는 정애의 작은 집은 겨울 내내 세찬 바람에 시달려야 한다. 난롯가로 다가서서 불을 쬐며 손을 올려 머리 위의 형광등 스위치 줄을 잡아당겨 거실의 불도 껐다. 전기를 아끼기 위해서이기도 했지만 어둠 속에서 혼자 조용히 있곤 하는 것이 요즘 정애의 버릇이 돼버렸다. 불을 켜놓은 안방의 창호지 바른 미닫이문에서 조명되는 빛만으로도 거실은 충분히 밝았다. 그 불 밝은 안방에서 '여보, 추운데 뭐 하고 있어? 빨리 들어와' 하는 남편의 음성이 들려올 것 같은 기대로 정애는 잠깐 가슴이 벅찼다. 그러는 다음 순간 그 음성을 이젠 영원히 들을 수 없다는 현실로 돌아오자 뜨거운 울음덩어리가 가슴에서 목구멍으로 치올라 악물고 있는 이빨을 비집고 흑 울음소리가 되어 터졌다. 아직 잠들지 않았을 아이들에게 울음소리가 들릴까 봐 정애는 두 손으로 입을 싸 덮었다. 아이들 방의 연탄을 갈아야지. 그러고 나서 어저께 사다가 감춰둔 크리스마스 선물을 꺼내어 아이들의 머리맡에 놓아줘야지.

유리문을 열고 마당의 어둠 속으로 내려서자 희끗희끗한 것들이 세찬 바람에 흩날리고 있었다.

눈. 가슴이 더욱 싸늘해지며 공원묘지에도 눈이 내리고 있겠구나, 눈에 보이는 듯 선하여 이 차가운 어둠 속에 혼자 누워 있는 남편에 대한 연민이 또 울음소리가 되어 이빨 틈을 비집고 나왔다.

연탄불을 갈고 거실로 돌아왔을 때 뜻밖에도 형광등이 켜져 있었다. 아까 분명히 불을 껐는데, 아이들 중 하나가 화장실에라도 다녀오느라고 불을 켰나?

"아직 안 자니?"

아이들의 방에 대고 정애는 큰 소리로 불러봤다. 대답

이 없었다.

"누가 마루 불 켰니?"

그래도 잠든 체하는지 대답이 없었다. 그때 문득 정애의 시선을 끄는 것이 있었다. 소파 앞의 탁자 위에 커다랗고 흰 사각봉투가 놓여 있었다. 확실한 기억은 없었지만 아까까지는 없었던 것 같았는데. 아하, 아이들이 엄마한테 슬쩍 주는 크리스마스카드인 모양이다, 짐작하며 정애는 봉투를 집어 들다가 몸이 굳어졌다. 겉봉에 분명히 남편 글씨로 '사랑하는 아내에게'라고 씌어 있었기 때문이었다. 단단히 풀칠해 붙인 봉투는 만져보는 손끝에 그것이 딱딱한 카드가 아니고 말랑말랑한 편지 종이임을 느끼게 해주었다. 봉투를 뜯으니 과연 편지였다. 글씨는 남편의 글씨가 아니었다. 그 점에 관해서 남편은 편지 첫머리에서 밝혀놓고 있었다.

나는 지금 글을 쓸 힘이 없어서 간호원에게 받아쓰게 하오. 무엇보다도 먼저 하고 싶은 말은 내가 이 세상에서 사랑했던 여자는 당신뿐이라는 거요. 고마운 당신, 그리고 가엾은 우리 아이들을 생각하면 나는 정말 죽기가 싫소. 돌이켜보면 잠시 한때라도 당신을 행복하게 해준 적이 없었던 것 같아 마음 아프오. 남들이 다 다니는 관광여행 한번 함께 다니지도 못했고 아이들한테는 잠깐 버스 타면 갈 수 있는 창경원 구경도 제대로 못 시켰소. 설악산이 어디 붙었는지, 해운대가 어떻게 생겼는지도 모르고 보낸 일생이었구려. 어서 나아서 크리스마스에는 가족들과 함께 지내라는 간호원의 말을 듣고 생각하니 우리 가족이 크리스마스라고 신나게 지내 본 기억도 없소. 그저 텔레비전 앞에서 지내다가 낮잠이나 자던 생각밖에는 안 나오. 당신과 아이들에게 참으로 미안하고 큰 죄를 짓고 가는 것이 안타깝소. 친구들과 허튼소리 하며 술은 왜 그렇게 마셨던지. 먹고살려면 친구들이 많아야 한다고 생각해서 그랬었지만 과연 먹고사는 데 도움을 준 친구가 몇 명이나 되었던지 돌이켜보면 한심스런 나였소. 모든 것이 당신에게 미안하고 죄송할 뿐이오. 내 목숨이 얼마 남지 않았음을 나는 알고 있소.

내가 죽고 나면 당신과 아이들의 고생이 어뗘할지 훤히 보이는 것 같아 심히 괴롭소. 다만 한 가지 위로가 되는 것은 사람의 죽음이란 육체의 죽음일 뿐이지 영혼은 살아 있다는 것을 알게 된 점이오. 어저께 간호원이 읽어준 책을 나는 사실이라고 믿소. 죽었다가 다시 살아난 사람들의 경험을 쓴 책인데 누가 지어낸 얘기가 아니고 실제로 경험한 것을 모아놓은 거라고 하오. 사람이 죽으면 영혼이 머리꼭대기에서 빠져나가 얼마 동안 자기 육체와 그곳에 와 있는 사람들을 내려다보고 있게 된다 하오. 그때까지도 나는 아직 살아 있는데 하고 착각하며 자기 시체를 붙들고 우는 식구들을 위로하고 다닌다는구려. 그러다가 어떤 힘에 끌려 어둠 속으로 끌려간대요. 그제야 자기가 죽어서 혼자 있게 됐다는 걸 깨닫게 되고 이제부터 어디로 가야 하는지 몰라 당황하고 있을 때 나를 마중해주는 밝은 빛이 빠르게 다가와 나를 에워싼대요. 그 빛이 어찌나 따뜻하고 편안하게 해주는지 이 세상에서는 한 번도 맛보지 못한 행복감에 싸이게 된다는군요. 세상에 다시 돌아오고 싶은 생각이 안 든다 하오. 그런데 그 빛은 아마 하나님 자신인 모양이오. 나한테 내가 일생 동안 한 갖가지 일을 다 보여주고 내가 지은 죄를 스스로 뉘우치게 만든다는 거예요. 그 빛과 나는 말을 주고받는데 물론 사람의 말이 아니고 생각 그 자체가 서로 직접 전달되는 대화라고 하오. 다시 살아난 사람들은 여기서 그 빛이 다시 돌아가라고 하여 돌아왔지만 돌아오지 않은 사람들은 여기서 심판을 받고 자기에게 합당한 천계天界에 가서 살게 된다 하오. 그리고 누군가를 보고 싶다고 생각하면 그 순간 그 사람들을 보게 된다오. 그러니 여보, 나는 항상 당신과 아이들을 보고 있겠소. 내 말은 당신에게 안 들리겠지만 당신과 아이들의 얘기를 나는 항상 듣고 있겠소. 그리고 여보, 하나님이 계심을 믿으시오. 당신의 고생을 하나님이 다 알아주시고 당신이 영계靈界에 오면 큰 축복을 주실 것이오. 나와 당신 그리고 우리 아이들이 다시 만나 살게 될 것은 틀림없는 사실이오. 이 사실을 알고 죽으니 나는 행복하오. 당신도 너무 슬퍼하지 마오. 이 사실을 알려주는 걸로 이번 크리스마스 선물을 대신하오.

편지를 읽다 말고 정애는 아이들 방으로 달려가서 불을 켜며 외치듯 물었다.

"누가 이 편지 갖다놨니?"

큰딸이 이불 밖으로 눈물 자국 있는 얼굴을 내밀며 대답했다.

"내가. 아빠가 병원에 있을 때 크리스마스 날 엄마 주라고 나한테 맡겼어."

"울지 마. 아빠가 지금 우리하고 함께 있단다. 우리 얘기를 다 들으면서."

정애는 천장을 올려다보았다. 그리고 처음 맛보는 행복감으로 눈물과 미소를 한꺼번에 지어 남편에게 보였다.

수술

동이 트는지 동쪽 하늘은 금빛의 긴 띠를 보이고 있었
지만 주위는 아직 사람의 얼굴을 알아볼 수 없을 만큼 어
둑둑했다. 봉덕이는 동구 밖 당산나무 아래에서 어깨를
움츠리고 서 있었다. 한참 후에 동네 안으로 뻗은 길 위에
서 사람의 발소리가 사뿐사뿐 들려왔다. 봉덕이는 어른 덩
치만 한 큰 나무 뒤로 숨어서 그게 금례인가 아닌가를 살폈
다. 그 사람이 점점 가까워오는 것을 봉덕이는 지켜보고 있
었다. 금례가 분명하다는 생각이 들었다.

"금례니?"

봉덕이가 나지막한 목소리로 말했다.

"응, 추워 죽겠어."

금례가 대답했다.

봉덕이는 당산나무가 서 있는 언덕에서 길로 내려왔다.

"나온 지 오래니?"

금례가 걸어오면서 물었다.

"한참 됐어."

"난 아버지가 깨어 있는 것 같아서 빠져나오느라고 애 먹었어."

금례가 말했다.

"춥지?"

금례가 봉덕이 곁에 다가왔을 때 말했다.

"응, 벌써 겨울이 온 것 같애."

봉덕이가 대답했다.

서리 내린 논바닥들이 어둠 속에서 허옇게 떠 보였다. 그들은 나란히 서서 들판을 건너지르는 길을 걷기 시작했다. 달구지 바퀴가 파놓은 길바닥의 홈에 걸려서 봉덕이가 한 번 비칠거렸다. 금례가 얼른 봉덕이의 팔을 잡아줬다. 들판의 여기저기에 쌓아놓은 볏섬의 시커먼 모양이 두 처녀를 무섭게 했다.

"벌써 나다니는 사람은 없겠지? 있을까?"

봉덕이가 물었다.

"없을 거야. 그래도 빨리 걷자, 얘."

봉덕이는 금례의 말을 따라 발을 더 재게 놀렸다.

"네가 앞장서. 나 부지런히 따라갈게."

봉덕이가 말했다.

금례는 봉덕이의 말대로 봉덕이의 앞에 서서 걸었다. 그 뒤를 봉덕이는 고개를 조금 숙이고 쫓아갔다. 봉덕이는 어깨가 오들오들 떨렸다. 떨리는 것을 잊어버리려고 봉덕이는 얘기를 시작했다.

"난 엊저녁에 이상한 꿈을 꾸었어……."

"꿈 얘기 같은 건 하지 마."

"그래, 안 할게."

봉덕이는 입을 다물고 자기의 발걸음을 조금이라도 더

빠르게 하려고 애쓰는 데 정신을 쓰기로 했다.

"넌 그래도 잠을 잤구나. 난 통 못 잤어."

금례가 말했다.

"나도 조금밖에 못 잤어."

동네 쪽에서 닭 우는 소리가 길게 났다. 그 아슴푸레한 소리를 들으니까 봉덕이는 마치 이 동네에서 영원히 쫓겨나는 것처럼 슬픈 생각이 들었다.

"닭 우는 소리 들었니?"

금례가 말했다.

"응, 마음이 이상하다."

"그렇지?"

봉덕이는 금례도 자기와 같은 느낌을 받았나 보다고 생각하니 마음이 든든해졌다.

"읍내에 도착하면 해가 뜰까?"

봉덕이가 물었다.

"그럴 거야. 어쩌면 해 뜬 뒤에 읍내에 들어가게 될 거야."

금례가 대답했다.

"그 의사 어떻게 생겼니?"

봉덕이가 물었다.

"참 잘생겼더라. 키가 크고 얼굴이 둥글둥글하고 살이 하얘. 이순신 장군이 아마 그렇게 생겼을 거야. 근데 불쌍하게도 다리를 약간 절름거리더라."

"너 그래도 참 용감하다. 말이 잘 나오데?"

봉덕이가 쿡쿡 웃었다.

"말이 안 나와서 혼났어. 그러니까 벌써 눈치를 챈 모양이야."

"너 세수했니?"

금례가 물었다.

"아니."

"우리 세수하고 가자."

"여기서?"

"참, 냇물까지 가서 거기서 할까?"

금례는 잠깐 걸음을 멈췄다. 그리고 동네 쪽을 돌아보

았다. 봉덕이도 금례를 따라서 동네 쪽으로 고개를 돌렸다. 동네의 집들은 시커멓고 서로 엉겨 붙어 보였다. 동네와 들판을 덮어 누르고 있는 어둠이 그들의 마음도 덮어 누르고 있었다.

"아이 추워. 자꾸 떨려."

금례가 말하면서 다시 걷기 시작했다. 봉덕이도 어깨를 바싹 움츠리며 종종걸음을 치기 시작했다.

그들은 오랫동안 아무 말 하지 않고 걷기만 했다. 동네에서 꽤 멀리 와 있었다. 갑자기 금례가 화다닥 놀라며 한쪽 다리를 올렸다.

"왜 그러니?"

봉덕이가 겁에 질린 목소리로 물었다.

"아유 깜짝이야. 메뚜기야."

금례는 대답하면서 다리에 붙은 메뚜기를 멀리 던졌다. 그들은 다시 걷기 시작했다.

"그 사람들은 지금 뭘 하고 있을까?"

봉덕이가 말했다.

"그런 건 생각해서 뭘 해."

금례가 퉁명스런 말투로 말했다.

"너 지금 그 사람 생각하고 있었니?"

"아니, 그냥 지금 그 사람들은 뭘 하고 있을까 하고……."

"자고 있겠지 뭐. 다들 자고 있을 거야. 이젠 그 사람들 생각은 하지 말아, 응?"

"응, 그냥…… 조금……."

봉덕이는 가슴이 콱 막히는 것을 느끼며 말했다.

"누가 아니? 이순신 장군 얘기도 사명당 얘기도 유관순 얘기도 모두 그 사람들이 꾸며서 한 것인지 누가 아니?"

"정말. 다 꾸며서 한 건지도 모른다, 그렇지?"

"그럼."

"그렇지만 그땐 참 재미있었는데."

봉덕이는 빨갛고 길쭉한 세모꼴 깃발을 생각했다. 그 사람들은 그 깃발을 자기들이 가는 곳에는 어디든지 가지고 다니면서 세웠다. 그 깃발이 있는 곳에서 봉덕이네들도 어울려 기타와 하모니카에 맞춰 포크댄스라는 춤을 배우고 노래도 합창하였다. 산에 가서 풀도 베어왔고 킥킥 웃으면서 똥을 퍼다가 그 풀 위에 끼얹어 두엄도 만들었다. 'ABCD'도 배우고 이순신 장군의 얘기도 들었다. 지난여름은 참 떠들썩했다. 그들의 마크를 단 밀짚모자. 도회지에서 온 사람답게 하얀 살결. 그것은 곧 빨갛게 볕에 익었지만. 농담, 웃음, 그 밝은 웃음소리, 박수 소리, 밤 깊어 집으로 돌아가는 길의 동네 자갈길을 메우던 관솔불들의 흔들림, 가뿐한 피로, 나지막한 속삭임, 아 그 속삭임…….

"너 지금 울었니?"

금례가 걸음을 멈추고 돌아서며 말했다.

"아니."

봉덕이가 말했다.

"정말 울지 않았어."

"난 네가 아무 말도 하지 않아서 우는 줄로 알았어."

금례는 다시 돌아서서 걷기 시작했다.

"넌 아무래도 나보다는 낫지 않니? 그동안 편지라도 오고 갔으니까."

금례는 말했다.

"난 꼭 한 번뿐이지 뭐."

사방이 점점 밝아왔다. 봉덕이는 금례의 두 갈래로 땋은 머리가 걸음을 옮길 때마다 한들거리는 것을 보며 걸었다. 그들의 앞에 냇물이 하얗게 빛나고 있었다. 동네에서 아주 멀리 와 있었다.

"세수할까?"

"그래."

그들은 징검다리를 한 발에 각각 하나씩 딛고 쭈그리고 앉았다. 냇물의 찬 기운이 무릎으로 기어올랐다. 물에 손을 넣을 생각을 못 하고 금례는 팔짱을 잔뜩 끼고 웅크리고 앉았고 봉덕이는 치마폭에 손을 싸고 역시 웅크리고 앉아 있었다. 냇물이 흐르는 소리가 그들의 귀에 크게 들리기도 하였다가 멀리서 듣는 것처럼 아슴푸레해지기도 하였다.

"우리, 가위바위보해서 진 사람이 먼저 물에 손 넣기로 하자."

금례가 제안했다.

"그래."

금례는 여전히 팔짱을 낀 채 봉덕이 쪽으로 향하고 있는 손을 폈다 오므렸다 하면서, 그리고 봉덕이는 치마폭에 싸고 있던 오른손을 조금만 들고 그들은 가위바위보를 했다. 봉덕이는 금례의 퍼런 입술과 까칠하게 마른 얼굴을 보았다. 자기도 금례와 같으리라고 생각하니 문득 지금 집에서 아무것도 모르고 잠들어 있을 어머니가 보고 싶었다.

"가위바위보."

"가위바위보."

그들은 중얼거리듯이 입 안의 소리로 가위바위보를 외면서 손을 폈다 오므렸다 했다. 금례가 졌다. 그러나 금례는 팔짱 낀 손을 더욱 움츠리고 우두커니 흐르고 있는 물만 내려다보고 있었고 봉덕이도 가위바위보 같은 건 어느새 잊어버리고 금례처럼 우두커니 물만 보았다. 물은 빠르게 징검다리 사이를 빠져서 달아나고 있었다. 마른 나뭇잎이 한 개 물에 떠서 흘러가는 것이 보였다. 봉덕이는 그 나뭇잎을 눈으로 쫓았다. 갑자기 아무것도 보이지 않고 눈앞을 막고 있는 노란색이 핑 돌며 토할 것 같았다. 봉덕이는 비틀거리며 일어섰다. 금례가 붙들어주지 않았더라면 물 속으로 넘어질 뻔하였다.

"눈을 감고 있어, 애."

금례가 빠르게 말했다.

눈을 감고 서 있는 봉덕이를 금례가 조심조심 꿇어앉히 며 자기의 한 손에 물을 묻혀서 봉덕이의 이마에 댔다. 그 러기를 여러 차례 했다.

"좀 어떠니?"

금례가 물었다.

"이제 괜찮아."

봉덕이가 눈을 뜨며 말했다.

"이러고만 있다간 읍내에 빨리 못 가겠다. 어서 세수하 고 가자."

"정말 괜찮니?"

"응, 이젠 괜찮아."

둘은 조용하게 물을 찍어 올려서 얼굴을 씻고 손바닥으

로 물을 움켜서 입에 넣고 양치질을 했다. 그리고 일어서서 냇물을 건넜다.

"너 괜찮니?"

봉덕이가 금례에게 물었다.

"조금 어지럽지만 괜찮아."

그들은 아까보다 좀 느려진 속도로 걸었다. 동쪽 하늘에 맑은 붉은색의 구름이 옆으로 길게 뻗어 있었다. 서리 내린 논바닥들도 불그스레하게 빛나고 있었다.

"지금 곧장 먼 곳으로 가서 산다면 어떨까?"

봉덕이가 말했다.

"너 그냥…… 낳고 싶지?"

금례가 말했다.

"아냐, 그게 아니라……"

"네 마음은 나도 알아. 나도 그런 생각이 전연 없는 줄 아니?"

잠시 동안 그들은 묵묵히 걷기만 했다.

"정말 우리 이대로 멀리 가서 살까?"

금례가 말했다. 잠시 후에 그들은 소리를 내지 않고 웃었다. 그건 할 수 없는 일이라는 걸 잘 알고 있었던 것이다. 멀리 간다고 상상해도 그 상상은 금방 막혀버리곤 했다.

그러나 봉덕이는 어떤 먼 곳을 생각했다. 많은 사람들이 포크댄스를 추고 노래를 부르고 살며 아이들이 무럭무럭 자라고 그 대학생의 따뜻한 손길이 항상 곁에 있는 어떤 먼 곳. 어디로 가면 과연 그런 곳이 있을까?

"너희 집과 우리 집에서 법석이 났겠다. 우리들이 안 보이니까."

금례가 힐끗 저 멀리 자기들의 동네를 돌아보며 말했다.

"그건 오래 걸리지 않겠지?"

봉덕이가 물었다.

"한 시간 반쯤만 병원에 있으면 된대. 점심때까지는 집에 돌아올 수 있을 거야."

"우리들은 무척 달라질 거다. 안 그럴까?"

"벌써 달라졌지 않니?"

"뭐가."

"배가."

"기집애."

그들은 한꺼번에 서로 얼굴을 마주보고 소리 없이 웃으면서 눈을 흘겼다.

"넌 여태까지 몇 번 꼼지락거리데?"

금례가 물었다.

"난 아직 한 번도……."

"난 한 번 그랬어."

"아이, 귀여웠겠다. 나도 한번 그래봤으면."

봉덕이가 말했다.

"거짓말이야."

금례가 쿡쿡 웃으며 말했다.

"시집가서 낳는 것하고 가지 않고 낳는 것하고 뭐가 다를까?"

"사내로 나올 게 계집애가 되어서 나올까?"

"애기 아버지만 곁에 있다면 다를 건 없을 거야."

"그렇지만 애기 아버지가 곁에 없지 않니?"

"난 그 사람을 지금 만날 수 있다면 좋겠어."

"나도 그래."

"넌 그 사람이 정말 좋았니?"

"응, 넌?"

"나도 그래. 그렇지만 그보다도 보기에 딱했어. 그리고 그 사람 말을 믿었고……."

"그 사람들, 지금 뭘 하고 있을까?"

"자고 있겠지 뭘. 아무것도 모르고 자고 있을 거야."

"지금쯤은 일어났겠지? 그때도 그 사람들 일찍 일어나서 아침 체조를 하곤 했지 않니?"

"그래, 정말. 아마 일어났겠다."

"서울에 가면 그 사람들 찾을 수 있을까?"

"찾을 수 있을 거야. 정말, 우리 이 돈 가지고 서울에 갈까?"

그들은 고개를 숙이고 느린 걸음으로 걸어갔다. 이제 사방은 완전히 밝아서 곧 해가 뜰 것 같았다. 먼 들판에 사람이 몇 보였다.

"그 사람들, 왜 그랬을까?"

봉덕이가 말했다.

"뭐가?"

"그 사람들, 여러 사람이 함께 있으면 몹시 떠들고 잘 노는데 혼자 있으면 보기에 딱했지 않니?"

"그 사람들 얘긴 그만하자, 애."

"한 가지만 물어볼게. 우리가 지금 그 사람들을 찾아가면 그 사람들 우리를 어떻게 대해줄까?"

"너의 그 사람은 반가워해줄지 모르지만 난 안 그럴 거야. 그동안에 편지도 한 번 오고는 그만이었으니까. 빨리 가자 애. 들에 사람이 나오기 시작했어."

그들은 걸음을 빨리했다.

"다른 생각은 하지 말자, 응? 지금 그런 생각하면 안 돼."

금례가 말했다.

그들은 들판을 건너질러서 산 밑으로 난 길을 걷고 있었다. 산모퉁이를 돌아설 때 그들은 저 앞 저수지 둑 위에 안개가 희미하게 끼어 있는 것을 보았다. 저수지 둑 밑에 있는 개울엔 새우가 많았다. 아, 그 새우잡이를 하며 떠들던 날…….

"저기서 새우잡이 하던 날, 생각나니?"

금례가 물었다.

"그 사람들 얘기는 하지 않기로 하고선……."

봉덕이가 말했다.

"참, 그래."

지난여름철은 참 떠들썩했지. 흥겨운 일을 그 사람들은 매일 준비해놓고 있었다. 그래서 아침이 되기를 기다려본 것은 그때가 처음이었다. 여름이 가버리자 그 사람들도 떠났고 지금은 감이 서리를 맞고 빨갛게 익는 철이었다.

그들이 멀리 읍내 교회당의 뾰족한 종탑을 보았을 때 해가 뜨기 시작했다. 그들은 해를 가슴에 하고 걷고 있었기 때문에 맑고 무척 빛나는 해가 뱅글뱅글 돌면서 산 위로 쑥쑥 솟아오르는 것을 보았다. 이때까지 본 해 중에서 가장 눈부신 해였다. 먼 길을 걸어왔기 때문에 그들의 이마엔 진땀이 내배어 있었다. 아침 해의 산뜻하고 강한 햇살 때문인지 그들은 속이 메슥거려서 길 옆 바위 위에 앉았다.

"난 우리가 십 년쯤 뒤에 오늘 일을 생각하면 어떨까 하는 생각을 했어."

금례가 말했다.

"우리에게도 십 년 뒤가 있을까?"

봉덕이가 말했다.

"나도 그런 생각을 했었어. 그런데 이상하지 않니? 예전엔 나도 애를 가질 수 있을까, 하고 생각하지 않았었니? 그런데 가졌지 않니?"

"난 무섭기만 해."

"나도 조금은 무서워. 그렇지만 우리한테도 십 년 뒤가 있을 거야."

"십 년 뒤에 우리는 어떻게 되어 있을까?"

"아마 시집가서 애기 엄마가 되어 있겠지."

금례가 말했다.

"어머, 너는 아무 데라도 시집갈 작정이니?"

"나도 여러 가지 생각을 했어. 그러고 나니까 난 어떤 농사꾼의 부인이 되어 있을 것 같은 생각이 들었어. 아마 난 착실한 부인이 될 수 있을 거야. 착한 부인이 되려고 애쓸 것 같아."

"난 석 달 동안 그 사람 외에는 아무것도 생각나지 않았어. 그 사람이 와서 데려가지 않으면 난 죽을 것 같아."

"그 사람들 생각은 하지 않는 게 좋아. 수술하고 나면 괜찮아질 것 같지 않니?"

"난 무섭기만 해. 금례야, 정직하게 말하면, 난 수술해버리기가 싫어."

"그럼 어떻게 하니?"

"나도 몰라. 그냥 멀리 가버리고 싶어."

"동네 사람들이 얼마나 욕하겠니. 그리고 어머니 아버지는……."

"해야 된다는 건 나도 알아. 그렇지만…… 그래버리기가 어쩐지 싫어."

봉덕이는 금례를 힐끔 훔쳐봤다. 금례가 나무라지 말아주기를 바랐다.

"해버리는 게 나을 거야. 나도 여러 가지 생각을 해보고 나서 결정한 거야. 이제 걸어보지 않을래?"

금례는 바위에서 일어섰다.

"어쨌든 우리가 잘못하지 않았니!"

"그것도 난 잘 모르겠어."

봉덕이는 금례를 따라 일어서며 말했다.

"내가 우습지?"

"아냐, 우습지 않아. 우리가 미련했었던 것뿐이야. 하고 나면 괜찮을 거야. 가자."

그들은 다시 걷기 시작했다. 읍내에 도착할 때까지 그들은 거의 한마디도 말을 하지 않았다. 이른 아침인데도 읍내는 소란스러웠다. 젊은 남자애들이 자전거 뒤에 상자를 싣고 찌리링거리며 위태하도록 빠르게 달리고 있었다. 버스가 느릿느릿 달리며 손을 드는 사람이 있을 때마다 멈춰서 태웠다. 어떤 상점 앞에 물을 뿌리고 있던 사람이 두 시골 처녀를 힐끗 쳐다봤다. 악기점에서는 시끄러운 노랫소리가 들려오고 있었다. 그들은 건물들의 처마 밑을 주춤주

춤 걸어갔다.

"어느 병원이니?"

봉덕이가 물었다.

"우편국 옆 골목에 있어. 너 어떻게 할래? 아직 결정 못
했니?"

금례가 말했다.

"끝나고 나면 정말 아무 일 없었던 것처럼 될까?"

봉덕이가 말했다.

"그렇지는 않을 거야. 그렇지만 마음먹기에 달렸지 않
니?"

"넌 정말 할래?"

"응, 난 해."

"그럼 나도 할래. 사람들이 자꾸 보는 것 같애. 빨리 가
자, 얘."

그들은 얼굴을 감추듯이 숙이고 걸었다. 그들은 우편국
건물의 옆길로 해서 들어갔다. 금례가 걸음을 멈추었다.

"다 왔니?"

봉덕이가 떨리는 목소리로 물었다.

금례는 눈짓으로 높은 은행나무가 담 안에 서 있는 건물을 가리켰다. 은행잎들은 노랗게 되어 있었고 지금도 잎들이 뱅글뱅글 돌며 자꾸 떨어지고 있었다. 그들은 떨리는 다리를 서로 감추려고 애쓰고 있었다.

"네가 먼저 들어가."

금례가 울상을 짓고 말했다.

"싫어. 의사에게 부탁한 것도 네가 아니니?"

"사람들이 이상하게 본다. 하여튼 가보자, 얘."

그들은 병원 문 앞을 그냥 지나쳐서 느릿느릿 걸었다. 그리고 어느 집 담 밑에서 멈췄다.

"사람들이 점점 더 많이 다닐 거야. 빨리 들어가자, 얘."

금례가 말했다.

"나 먼저 들어가라고 하지 마."

"그래, 함께 들어가자, 응? 똑같이, 응?"

그들은 다시 오던 길로 돌아서서 걸어갔다. 그러나 이번에도 들어가지 못하고 병원 문 앞에서부터는 고개를 푹

숙이고 지나쳐버렸다. 다시 처음에 섰던 곳에서 멈춰 섰다. 그들은 솜털이 일어서고 핏기 잃은 얼굴로 서로 마주보았다. 우편국 건물 안에서 전화벨 울리는 소리가 길고 희미하게 들려왔다. 우편국 안에서 어떤 남자가 유리창을 통해서 그들을 내려다보고 있었다. 금례가 봉덕이의 한 손을 꽉 쥐었다. 그리고 둘은 빠른 걸음으로 병원 문 앞으로 걸어갔다.

하얀 간호원복을 입은 그들 또래의 간호원이 정원의 화초에 물을 뿌리고 있다가 문을 들어서는 그들을 보았다. 그들은 등 뒤로 문을 겨우 닫았지만 그 자리에서 서서 머뭇거리고 있었다.

"어떻게 오셨어요?"

간호원이 그들 앞으로 다가오며 깔보는 듯한 눈초리를 보내며 말했다. 간호원의 몸에서 소독약 냄새가 가볍게 풍겨오고 있었다.

"저…… 그저께…… 의사 선생님께…… 부탁……."

금례가 말했다.

"아, 두 분이라고 그러셨죠? 의사 선생님께서 지금 아침

진지를 드시고 계시니까 안으로 들어가 기다리든지 한 시간 뒤에 오든지 하세요."

그들은 대기실로 들어가 긴 나무의자에 앉았다.

"집에서는 야단들 났을 거야."

봉덕이가 말했다.

"집에 돌아가면 어머니한테는 말하고 싶어."

"누구한테도 얘기하고 싶지 않아, 난."

금례가 말했다.

"난 평생 혼자만 알고 있을래. 남한테 부끄러워서가 아니야."

"그 사람들 지금 뭘 하고 있을까?"

봉덕이가 말했다.

"그 사람들 생각은 하지 말아, 응?"

"마지막이니까 실컷 하고 싶어. 너 그 사람들한테서 배운 노래, 지금도 다 부를 수 있니?"

"하모니카 소리, 참 좋았지?"

"몰라. 난 하나도 생각이 안 나. 아니, 너 울고 있구나?"

봉덕이는 탁자에 팔굽을 괴고 손으로 눈을 가리고 소리를 죽여 울고 있었다. 금례는 한 손으로 봉덕이의 팔을 쥐고 가만히 흔들었다.

"생각하지 마. 아무것도 생각하지 마. 나처럼 십 년 후만 생각해, 얘."

또 한 번 가만히 그러나 오랫동안 봉덕이의 팔을 흔들며 말했다.

삶을 즐기는
마음

어저께 규식이의 자리는 유리창가로 옮겨졌다. 가끔 회사 분위기를 바꿔 사원들이 새로운 긴장감을 가지고 일할 수 있도록 해야 한다고 생각하는 경영주는 육 개월에 한 번꼴로 책상 배치를 바꾸게 하곤 했다.

유리창가로 나앉으니 한결 가슴이 트이는 것 같았다. 회현동 일대가 눈 아래 전개된다. 그 잡다한 건물들의 생김새에 잠깐 일을 잊고 멍하니 정신을 팔곤 했다. 그 풍경 중에서 특히 시선을 끄는 것은 공중목욕탕의 높은 굴뚝이다. 벽돌을 쌓아올린 굴뚝인데 꼭대기에 흰색으로 '독탕·대중탕'이라는 고딕체 글씨가 씌어 있다. 어느 동네에든 흔히 볼 수 있는 목욕탕 굴뚝이었기 때문에 규식은 한동안 무심하게 그걸 보아 넘겼다. 그런데 어느 순간 문득 자기가 '독탕'이라는 게 구체적으로 어떻게 생긴 구조이고 어떤 용도인지 아직 모르고 있다는 데 생각이 미쳤다. '대중탕'이라면 그야 물론 규식이도 동네에서 일주일에 두서너 번은 이용하는, 유리문을 열고 들어가면 돈 받고 옷장 열쇠 내주는 창구멍이 있고 옷장 열쇠를 받아들고 커튼을 여며 들어가면 한쪽 벽면은 거울로, 반대쪽 벽은 나무로 짠 옷장들이 즐비한 마루가 있다. 거기서 홀랑 벗고 유리문을 열고 들어가면 수증기로 뽀얀 넓은 타일바닥이 나오고 서너 걸음 들어서면 물이 가득한 둥그런 욕조 속에 둥둥 떠 있는 몇 사람의 까만 대가리가 보이고…… 그런 목욕탕인 것이다.

그런데 독탕이란 건 도대체 어떻게 생겼을까?

"저어, 저어기 말예요."

규식은 맞은편에 앉아 있는 동료한테 물었다.

"독탕이란 게 뭐예요?"

"저어기 굴뚝에 독탕……."

"아, 독탕! 목욕탕이지 뭐."

"그러니까! 대중탕은 여러 사람이 목욕하는 곳이고 독탕은 혼자서만 목욕하게 돼 있는, 그러니까 조그마한……."

"모르겠는데. 나두 아직 안 가봤어."

그러자 다른 동료가 불쑥 아는 체해왔다.

"독탕이란 거, 보통 가정집 목욕탕처럼 생긴 거야. 보통 복도 양쪽으로 여관방처럼 주욱 잇대어 있는데 방문을 열고 들어가면 조그만 탈의실이 있구 그 안쪽에 욕실이 있어. 탈의실엔 침대가 있어서 한숨 푹 잘 수도 있게 돼 있지."

"아무나 갈 수 있나요?"

"그럼, 돈만 내면 아무나 들어가는 거지."

"비쌀 거 아녜요? 혼자 쓰니까……."

"별루 비싸지 않아. 그리고 뭐 반드시 혼자 쓰나? 가족들 데리고 가도 되구……."

"아, 그래요? 혼자가 아니구 가족들 데리고 가도 되는군요?"

"미스터 김, 집에 목욕탕 없던가?"

"셋방 살잖아요. 주인댁하구 화장실은 함께 쓰지만 목욕탕만은 함께 못 쓰겠데요."

"그렇겠지. 아참, 미스터 김, 신혼생활이지?"

규식은 얼굴이 새빨개지고 말았다. 얘기하고 있는 동안 문득, 아내와 함께 목욕할 수 있는 장소가 세상엔 있었구나 하는 발견의 기쁨을 상대편에게 들키고 만 것 같아 부끄러웠다.

신혼부부가 아니더라도 자기네만 쓸 수 있는 욕실과 화장실은 절실히 필요한 법이다. 하물며 인생의 어느 시기보다도 가장 둘만의 은밀한 시간과 공간을 확보하고 싶은 신혼 시절을 남의 집에 셋방 들어 살며 화장실 한번 이용하는데도 주인네 식구가 들어가 있나 없나 눈치를 살피고 들어가서는 바깥으로 소리가 새나가지 않나 신경 써야 하며 보낸다는 것은 비참한 느낌이었다. 욕실도 주인네가 쓰지 말래서가 아니라 콱콱 끼얹는 물소리에 주인 식구들이 이쪽의 알몸을 상상하게 될까 봐 쓸 수 없었다. 아내가 새벽마다 플라스틱 세숫대야에 수건, 비누 챙겨들고 동네 대중탕으로 가곤 하는 것이다.

신혼 시절이란 결혼하고 나서 어느 시기까지의 시간을 일컬음이다. 한 번 흘러가고 나면 두 번 다시 가져볼 수 없는 시간이다. 흘러가버리고 난 다음에 욕실이 둘 셋 딸린 '마이 홈'을 가져본들 무엇하나. 규식은 아내에게 미안하였고 자신의 처지에 화가 났다.

서민아파트 한 칸을 전세 들 수 있을 만한 액수의 은행 적금을 타면 그때 결혼식을 올리자고 규식은 주장했지만, 규식이 군대 다녀오는 삼 년을 포함하여 오 년 동안이나 기다려온 처녀로서는 '이 이상 더 기다리라면 부모들이 가라는 데로 시집가버리겠어' 협박 안 할 수 없었다.

"하꼬방이면 어때. 삶을 즐길 줄 아는 마음가짐이 중요하다고 난 생각해."

그렇게 말하는 아내는 아닌 게 아니라 목욕탕에 가기 위해 새벽 일찍 일어나는 것도 즐거움으로 여기는 듯했다.

"졸려서 잠 좀 더 자고 낮에 가고 싶은 생각이 들기도 하지만 다른 여자들이 아직 아무도 몸 안 댄 깨끗한 물에 풍덩 들어가는 기분이 얼마나 신난다구. 그럴 땐 자기랑 함께라면 좋겠다는 생각이 나."

규식도 신혼여행 중 온천 호텔에서 아내와 함께 탕 속에 들어가곤 했던 일을 기억한다. 처음에 아내는 '별꼴이야, 별꼴이야' 하며 함께 목욕하자고 끌어들이는 남편의 손을 뿌리치고 방구석으로 달아났었다.

그러나 이윽고 더운 물 속에 함께 몸을 담근 채 마주 보았을 때, 뿌연 수증기를 통하여 환상처럼 아름답고 순결하게 움직이는 서로를 보았을 때, 죄 없는 기쁨과 '죽음이 둘을 갈라놓을 때까지 한 몸 한 뜻으로'라는 믿음이 뜨겁게 둘을 휩싸 안았다.

아내도 신혼여행 때를 그리워하고 있음에 틀림없다고 규식은 생각했다.

"우리 다음 주말에 그 온천에 다녀올까?"

"싫어. 아무리 적게 들어도 삼만 원은 깨질 텐데."

집 장만을 위한 은행적금을 붓고 나면 버스비 백 원도

아껴 써야 하는 액수의 수입이었다. 아무리 아내와 함께 한 욕조에서 목욕하고 싶어도 그건 욕실이 딸린 내 집을 갖기 전엔 참아야 하는 유혹이었다.

그런데 그다지 비싸지 않고 아내와 함께 들어갈 수 있는 독탕이란 게 있단다!

회사에서 퇴근하자 규식은 퇴근길의 동료들 대열에서 슬그머니 빠져나와 사무실에서 보이던 굴뚝이 있는 곳을 찾아 골목길을 요리 꼬불 조리 꼬불 돌아갔다.

요금이 얼마일까? 비싸지 않아야 아내가 응할 텐데.

아내가 다방 안으로 들어섰다. 규식은 팔을 높이 들어 흔들었다. 남편을 발견하고 빠른 걸음으로 다가와 마주 앉는 아내의 얼굴은 근심스럽게 긴장돼 있었다. 남편의 얼굴이 즐거운 비밀을 가지고 있는 듯 싱글거리고 있음에 나쁜 일은 아닌 모양이구나, 안심하고 긴장이 풀어지는 얼굴로,

"무슨 일이 있어요?"

"궁금하지?"

"궁금하죠, 그럼."

전화에 대고, 입은 옷차림 그대로 돈 만 원만 가지고 빨랑 나오라고 했으니 아내 입장에서는 남편이 교통법규에라도 걸려 경찰한테 야단맞고 있는 장면만 상상되었나 보다.

"무슨 일예요?"

그래도 남편은 아내를 빤히 건너다보며 싱글거리고 있다.

"아아이, 싱겁긴. 옷도 못 갈아입고 화장도 못 하고 비싼 택시 타고 오느라고……."

"사실은 말이야, 내가 사무실에서 내려다보니까 목욕탕 굴뚝이 보이잖아."

"목욕탕 굴뚝이요?"

아내는 엉뚱한 얘기를 꺼내고 있는 남편이, 정신이 좀 어떻게 된 게 아닌가 싶어 다시 살피는 표정이 됐다.

"그래. 목욕탕 굴뚝이 보이는데, 그 굴뚝에 독탕이라고 씌어 있더라."

"그래서요?"

"당신 독탕이 뭔지 모르지?"

"왜 몰라요?"

"아니, 그럼 가봤어?"

"가보진 않았지만 혼자 목욕하는 델 거 아녜요?"

"부부가 함께 이용할 수도 있대. 요 골목 속에 그 목욕탕
이 있는데, 물어보고 오는 길이야."

"아아니 그럼, 당신, 나보구 함께 목욕하자구 나오란 거
예요?"

남편은 고개를 끄덕인다.

"어머 세상에, 별꼴이야."

"그때도 그런 말했지."

"그때라니요?"

"신혼여행 때 온천에서…… 그때도 별꼴이야, 별꼴이
야, 그랬지."

아내는 부끄러운 듯 빨개지며 웃었다.

아내도 이제야 남편이 바라는 바가 무엇인지 깨달은 모
양이다. 셋방살이 형편이어서 부부가 맘 놓고 쓸 수 있는
욕실이 없다. 신혼여행 때 온천 여관에서 부부가 함께 욕실

에 들어갔던 때를 남편은 그리워하고 있는 것이다.

"요금은 얼마래요? 비쌀 텐데."

"당신이 요금부터 따질 줄 알았어."

"만 원 가지고 나오란 거 그 요금이군요?"

"아냐, 그건 저녁밥값이야. 요금은 벌써 줘놨어."

"얼만데요?"

"그런 건 알 거 없잖아. 모처럼 기분 내는 데 돈 생각하면 기분 나겠어?"

"비싼 모양이군요?"

"아니 별루……."

"알았어요. 하지만 비누랑 수건이랑……."

"그건 구멍가게에서 사면 돼지. 목욕탕에서도 팔구 있던데."

"아이, 사람두 참."

아내는 아무래도 남편의 엉뚱함에 어이없는 모양이었다. 그러면서도 빨갛게 얼굴을 물들이며 웃어주는 아내가 규식은 맞선 볼 때처럼 신비하게 아름다워 보였다.

다방을 나와 구멍가게에서 비누와 수건 그리고 맥주 두 병과 먹을 것 몇 가지를 샀다. 목욕탕을 향해 갈 때 쑥스러움을 감추려는 듯 아내는 규식의 팔짱을 찰싹 붙여 끼고, 주인아줌마가 그러는데 돈 있으면 요즘 연탄 사놓으래 어쩌고저쩌고 하며 쉼 없이 쫑알거렸다. 규식은 마치 아내 아닌 여자와 비밀스런 짓을 하는 듯한 기묘한 느낌 때문에 차마 시선을 똑바로 들지도 못하고 볼 부은 듯 뚱한 표정을 짓고 있느라고 애썼다. 욕실의 문을 안으로 걸어 잠그고 둘만이 되자마자 두 사람은 약속이나 한 듯 거의 동시에 '휴우!' 큰 숨을 내쉬었다. 그리고 똑같은 기분이었음을 알고 숨죽인 웃음을 터뜨렸다.

"어휴, 바람피우는 여자들 간덩이는 알아줘야 해."

"뭐라구?"

"그렇잖아? 남편하구 목욕 좀 하려고 오는데두 이렇게 가슴이 뛰는데."

"이거 아무래도 내가 당신한테 나쁜 재미 가르치는 거 같아."

"거봐요. 그런 생각이 들죠? 그러니까 기분대로 사는 게 아녜요. 당신이 너무 신혼여행 때를 그리워하고 있는 거 같아서 따라와줬지만요, 우리 집 우리 목욕탕을 가질 때까진 이런 짓 말아요. 공중목욕탕에 가기 곤란한 피부병 환자들이 이런 데 와서 목욕하는지도 모르잖아요?"

피부병 환자들이라는 말을 듣고 보니 그럴 듯해서 규식은 꺼림칙했다. 아내보다 먼저 옷을 벗고 욕실로 들어가자마자 뜨거운 물을 플라스틱 대야에 받아 골고루 끼얹어 씻어냈다. 다른 사람들이 남겨놓았을지도 모를 세균을 씻어내기 위해서였다. 알맞은 온도로 탕 가득히 물을 받아놓을 때까지도 탈의실의 아내는 욕실로 들어오지 않았다.

"내가 안구 올까?"

"눈 감구 있어요. 눈 뜨면 안 돼."

"알았어, 눈 감았어."

수건을 길게 늘어뜨려 앞을 가린 알몸의 아내가 동동 뛰어와 탕물 속에 쏘옥 몸을 감추는 걸 규식은 실눈을 뜨고 보고 있었다. 수증기로 가득 차 희뿌연 공간 속에서 살빛은 무척 아름다워 보였다. 두 사람이 한꺼번에 들어앉아 있기엔 탕은 약간 비좁았지만, 어린 날 책상 밑이나 벽장 속에 들어가 있을 때처럼 평안감이 에워싸주는 것을 그들을 느꼈다.

"오늘은 뭐 했어, 집에서?"

"점심 먹구 나서부터 아까 당신 전화 받을 때까지 책 보구 있었어요. 주인아줌마가 빌려준 책인데 재미있었어요. 사람이 죽으면 육체는 썩어서 흙이 되지만 영혼은 공중에 떠 있대요. 그러다가 어떤 여자가 배 속에 아이를 갖게 되면 그 영혼이 재빨리 그 아이 속에 들어간대요. 그러니까 사람은 남자의 정자하구 여자의 난자하구 공중에 떠 있다가 들어온 영혼하구 그 셋이 합해져서 아기가 되어 태어나는 거래요. 아이들 중엔 자기가 전생에 누구였던지 기억해내는 아이들도 있었대요. 대부분은 새로운 부모와 환경에 적응하여 새로운 현실을 살지만요. 우리도 마찬가지예요. 당신도 나와 육체의 생김새나 체질은 부모의 육체에서 유전 받은 거지만요, 애초의 영혼은 공중에 떠 있던, 다른 사람이었던 영혼이 들어와 있는 거래요."

"그러니까 여기 영혼이 하나 있는데 어떤 사람 속에 들어가서 그 사람 노릇을 해주다가 그 사람의 육체가 죽으면 빠져나와서 공중에 있다가 다른 사람으로 태어나고 그런 일을 반복한다는 말인가?"

"그렇죠. 그러면서 그때그때 일을 영혼은 기억하고 있는데 지금 육체를 가지고 있는 사람의 환경이나 교육에 가려 까맣게 모르게 되는 것뿐이래요. 그리구 전생에서 나쁜 일을 한 영혼은 현세에서 꼭 보복을 받는대요. 그러니까 현세에서 좋은 일을 많이 해야만 죽은 다음에 복을 받는 다른 사람으로 태어난다는 거예요."

"잠깐, 그러니까 당신 영혼이나 내 영혼이나 우리 몸이 죽은 다음엔 다른 사람 몸속에 들어가 살아갈 수 있지만 그러니까……."

그러니까 당신 몸이나 내 몸이 이전에도 없었고 이후에도 영원히 없을 이 영원한 우주의 시간 속에서 단 한 번 존재해보고 썩어지는 그렇게 귀중한 것인가?

규식은 아내의 입을 통해 종알종알 말하고 있는 영혼이 오히려 남처럼 서먹서먹해지고, 물속에 잠겨 있는 아름다운 몸, 물 밖으로 나와 있는 예쁜 얼굴이 눈물이 날 만큼 가없어져서 슬그머니 끌어당겨 꼬옥 껴안았다.

저녁식사

김인식 씨가 근무하는 지업사는 종로2가 뒷골목에 있다. 오층짜리 건물의 사층에 세 들어 있는데 김인식 씨의 책상은 북쪽 창가에 있기 때문에 하루 종일 가도, 아니 지난 십 년 동안에 단 한 번도 햇볕이 든 적이 없다. 경리사무라는 직책은 책상에 붙어 앉아 드나드는 전표나 수표를 관리하고 전화로 거래처에 송금 독촉이나 해대는 것이어서 외출도 별로 못 하고 바깥 햇볕 구경하기란 절망적이었다. 김인식 씨는 자신이 한 마리 바퀴벌레라 치부해버리고 살고 있다. 태어났으니까 살긴 살아야겠고 살긴 살아야 하겠으니까 햇볕도 들지 않는 구석지라도 이게 내 몫이려니 여기며 묵묵히 지내고 있는 것이었다. 부양가족은 많고 가진 재주는 없는 것이다.

어느 여름철 금요일 오후 다섯 시경, 김인식 씨는 좀 이상한 전화를 받았다. 새처럼 젊은 여자의 음성이었다.

"상무님이세요? 안녕하셨어요? 저어 미스 정이에요."

"미스 정……이라니…… 누구……?"

"어머, 상무님, 벌써 잊으셨어요? 작년에 을지로3가 매장에서 경리 보던 미스 정이에요. 본사 심부름을 제가 다녔잖아요?"

"아아, 그 미스 정. 결혼한다구 회사 그만두셨지?"

"결혼은 깨져버렸어요. 남자 쪽에서 속인 게 있었거든요."

"저런!"

"상무님, 저 지금 요 일층 다방에 와 있거든요. 저녁약속 있으세요? 제가 저녁 대접하려구 왔거든요."

"저녁을 사겠다구? 무슨 일인데? 왜? 전화로 하면 안 될 일인가요?"

"부담 갖지 않으셔두 돼요. 취직 부탁하는 건 아니니까요. 그냥 이것저것 상담 좀 할까 하구요. 믿고 의논드릴 수 있는 분은 저한테는 상무님 한 분밖에 없거든요."

"그래요? 그렇다면, 자아 이거 어떻게 하지, 마감시간이 돼서 제일 바쁜 시간인데…… 지금 잠깐 내려가지요."

"아녜요, 일 다 끝내시구 오세요. 저 읽을 책 가져왔어요. 몇 시간이든지 기다릴 수 있어요."

"그래요? 나 일곱 시에나 끝날 텐데?"

"두 시간밖에 안 남았잖아요? 제 걱정 마시고 일 다 끝내시고 오세요. 그 대신 우리 인천에 생선회 먹으러 가야 해요."

"인천에? 인천까지? 아무튼 그건 이따가 얘기하기로 하고 그럼……."

"네, 이따가 봬요."

수화기를 내려놓는 김인식 씨는 잠시 고개를 갸웃거렸다. 아니라고는 하지만 결국 취직 부탁이겠지. 상사 대 부하직원으로서 덤덤하게 겨우 삼 개월 정도 함께 일한 것밖에는 농담 한마디 주고받은 기억도 없는 사이인데 느닷없이 나타나서 믿고 의논할 사람이 나밖에 없다니, 이상한 계집애 아닐까? 그러나 사실일 수도 있겠지. 가정에만 박혀 있다가 사회 경험이라고는 그 삼 개월이 고작이었다면 그때 직계상사이던 내가 그 여자 눈에는 가장 믿고 의논할 수 있는 상대로 비칠 수도 있겠지. 이리저리 생각해보는 김인식 씨에게는 그러나 누가 뭐라 해도 수화기를 통해 전해오던 젊은 여자의 명랑한 느낌은 아침 바람처럼 신선해서 가슴 깊이 들이마시고 싶었다. 내가 벌써 늙었구나. 마흔다섯 살인 것이다.

일곱 시라고는 했지만 기다리고 있는 사람의 지루함을 생각해서 김인식 씨는 여섯 시가 되자 잔무를 내일로 미루고 자리에서 일어섰다. 십만 원을 가불했다. 인천엘 가자고 했으니 어차피 비싼 저녁이 될 거고 여자가 사겠다고는 했지만 부하직원 같은 젊은 여자에게 얻어먹을 수가 있나. 내가 사는 게 도리지.

옆자리에 귀여운 새처럼 쉴 새 없이 재잘거리는 젊은 여자를 태우고 경인고속도로를 달리는 김인식 씨는 자기가 오너 드라이버가 된 보람을 처음으로 느끼는 것 같았다.

"어머, 상무님, 운전 잘하신다. 차 산 지 육 개월밖에 안 됐다는데 어찌 그리 운전을 잘하세요?"

"육 개월 됐다는 거 누구한테 들었지?"

"경리과 미스 김한테서요. 가끔 만나거든요. 상무님 아버님께서 지난겨울에 돌아가셨다는 얘기도 들었어요. 사모님은 지난달에 맹장수술 받으셨다면서요?"

"훤하시군. 왜 나한테 관심이 많지?"

"좋으신 분이니까요."

"야아, 이거 큰일 나겠네. 저녁은 내가 살 테니까 내 가슴 그만 뛰게 하라구."

"가슴이 뛰세요?"

"그럼, 뛰잖구. 젊은 여자가 찬사를 하는데."

"그냥 사실대로 말한 것뿐인데. 상무님 성품이 원래 좋으시잖아요."

이런 식으로 미스 정은 끊임없이 재잘거렸다. 약혼자가 알고 보니 대학졸업이란 것도 거짓말이었고 동생이 둘밖에 없다고 했는데 사실은 다섯이었고…… 영리하고 재치 있고 화제가 풍부한 젊은 여자의 말소리는 김인식 씨에게는 밝은 햇살 같았고 유쾌한 음악 같았다. 삼만 원짜리 광어회가 조금도 아깝지 않고 맛있게 먹어대는 미스 정의 입놀림이 귀엽기만 했다. 이러다가 내가 바람이 나겠는걸. 돈타령만 하는 마흔두 살짜리 아내를 떠올려보며 김인식 씨는 자신의 가슴에 젖어드는 야릇한 소망을 힘껏 억제했다.

밤 열두 시가 임박한 시간에 미스 정을 집 근처에 내려주면서 김인식 씨는 결국 말하지 않을 수 없었다.

"오늘 정말 즐거웠어. 덕분에 인천 바닷바람도 쐬구 말이야. 회사에서 쌓인 스트레스가 다 풀린 거 같애. 어때, 우리, 가끔 인천에 저녁 먹으러 가는 게?"

"딱 저녁만 먹는 거예요."

"그러엄, 저녁만 먹는 거지. 미스 정 얘기하는 게 재미있어서 말이야."

"그러시다면, 으음, 오늘이 금요일이죠? 다음 주 금요일에 갈게요. 매주 금요일이 좋겠어요. 상무님은 어떠세요?"

"좋아, 매주 금요일."

"저녁 잘 먹었어요. 안녕히 가세요."

"다음 주 금요일!"

다음 주 금요일이 되자 김인식 씨는 아침부터 일이 손에 잡히지 않았다. 전화벨이 울릴 때마다 신경을 집중시켰으나 오후 여섯 시가 다 되도록 미스 정의 전화는 없었다. 그 대신 총무부장이 우울한 얼굴로 다가와,

"저어, 상무님, 조용히 드릴 말씀이 있는데요. 미스 정이라는 아이 아시죠?"

아래층 다방으로 가서 마주 앉자 총무부장은 더욱 우울해진 얼굴로 얘기를 꺼냈다.

"맹랑한 기집애예요. 월화수목금토로 매일 한 남자씩 정해놓고 저녁식사 바가지 씌우는 거예요. 싼 음식이나 먹나요, 비싼 생선회 아니면 갈비, 최하가 뷔페지요. 솔직히 말씀드려서 자주 만나다 보면 남자 욕심이 어디 저녁 먹고

얘기하는 걸로만 끝나요. 욕심 좀 부리려 하면요, 얌체
같은 게 싹 빠져 달아나버리지요. 밥값 생각이 나서 화가
나더란 말씀예요."

"욕심 좀 부린다는 건 어떻게……?"

"뭐 키스 같은 거, 그런 거죠 뭐."

"화가 나서 어떻게 했나?"

"내 음식을 먹은 배를 몇 대 쥐어박았죠."

"……자넨 무슨 요일날 남자였나?"

"월요일였죠. 이 기집애가 글쎄 요일별로 월씨 화씨 수씨
정해놓고 있잖아요. 요즘 기집애들이란 참 무섭더라구요."

"그럼 난 금씨가 됐나? 그나저나 겨우 저녁 한 끼 가지
고 뭘 그렇게 화를 냈나."

나무라듯 말하는 김인식 씨에게는 만남이 거듭됐더라
면 자기 역시 욕심을 부렸을 것이고 때렸을 게 틀림없다는
생각이 들었고, 그러나 더욱 세차게 밀려드는 것은 그 외로
운 처녀의 밝은 햇살 같기도 하고 귀여운 새소리 같기도 한
재잘거리는 음성에 대한 그리움이었다.

정직한 이들의
달

응급치료실의 문이 활짝 열린다. 땀과 피로 걸레처럼 젖은 가운을 입은 의과대학생이 들것을 무겁게 들고 비틀거리며 달리다시피 들어온다. 들것 위에는 대학 교복을 입은 한 젊은이가 입으로 피거품을 가쁘게 뿜어내며 꿈틀거리고 있다.

"중상입니다. 치료대는 어디 있어요?"

"치료대가 모자라요. 우선 중환자실로, 이쪽으로 오세요."

땀투성이 간호원의 쉰 음성으로 말하며 벌써 앞장서 달

린다. 사실, 그다지 좁지도 않은 치료실 안은 먼저 실려 온 총상자들로 꽉 차 있다. 거의 모두가 스무 살 안팎의 대학생들이다. 그들의 옷에 묻어온 화약의 냄새와 그들의 상처에서 쏟아지는 피와 그들의 고통스런 비명과 신음, 그리고 긴장할 대로 긴장해 있는 간호원들과 의사들의 바쁜 손길로 치료실은 꽉 차 있는 것이다.

데모 군중들의 함성과 합창 소리 그리고 우렁찬 소리들을 침묵시키고야 말겠다는 듯 쉬지 않고 쏘아대는 경찰들의 총소리가 이 수도육군병원 복도에서 만질 수가 있을 듯 가까이 들린다.

"야단났어. 부상자는 자꾸 들어오는데 손이 모자라요. 모자라는 건 손만이 아녜요. 피가, 피가 모자라서 큰일 났어요. 더 이상 부상자가 늘어나면 수혈도 못 시켜보고 죽일 것 같아요. 부상자가 많겠죠?"

금방 울음이라도 터뜨릴 것 같은 음성으로 간호원이 말했다.

수술실에서는 수술 도중에 죽은 부상자가 흰 시트에 덮

여 실려 나오고 다른 부상자가 실려 들어간다.

"벌써 열한 명이 수술 도중에 죽었어요. 수술 받은 부상자 중에서도 살아날 수 있는 사람은 몇 명밖에 안 될 거예요. 수술 받아보지도 못하고 죽은 학생들도 있어요. 미쳤어요. 모두 미쳤어요. 왜 데모를 하구 또 왜 총을 쏘아 아까운 젊은이들을 죽이는지. 모두 미쳤어요."

"학생들은 미치지 않았어요."

들것에 실려 가고 있는 젊은이가 피거품과 함께 띄엄띄엄 말을 토한다.

"우리는 학교에서 배웠어요. 부정한 짓을 하면 안 된다구. 그래서 선거를 부정으로 한 사람들에게 선거를 공정하게 다시 하라구 말했어요. 그것뿐이에요. 미친 것이 아니죠."

"말하지 말아요. 말하면 피가 더 나와요."

들것을 들고 가던 의과대학생들 중의 하나가 부상자의 말을 중단시킨다.

"이 학생 데모 주동자인가요?"

간호원이 의과대학생에게 묻는다. 들것 위의 젊은이는

고개를 젓는다. 그리고 말한다.

"학교 교과서가 주동자예요. 부정을 그냥 보고만 있는 것도 부정이라고 가르치는 교과서가!"

"말하지 말라니까요. 피가……."

중환자실 역시 부상자들의 비명과 신음으로 꽉 차 있었다. 거기에 새로운 부상자들이 잇달아 들어오고 있다. 뜨거운 피는 쉴 새 없이 흘러 상처를 틀어막은 거즈 뭉치를 적시고 베드의 비닐커버를 적시고 마룻바닥을 적신다.

간호원이 다시 달려 나가서 혈액병을 들고 돌아왔을 때 그 젊은이는 거의 의식을 잃어가고 있다. 수혈하기 위한 채비를 하고 있을 때 그 젊은이가 눈을 뜬다. 그리고 마지막 힘을 다하여 옆 병상의 고등학생 부상자를 가리키며 간호원에게 말한다.

"피가 모자란다면서요? 저 학생한테 먼저 수혈해주세요. 난 나중에……."

"채혈 지원자들이 많이 몰려왔어요. 피는 부족하지 않을 거예요."

"고맙군요. 어쨌든 저 학생부터 먼저……."

"그렇게 하라고 교과서에 씌어 있던가요?"

"예, 그렇게 배웠어요."

젊은이는 미소하며 말한다. 간호원은 젊은이가 시키는 대로 고등학생의 팔에 주삿바늘을 꽂고 돌아와서 병상에 붙은 카드를 들여다본다. '김치호·22세·서울대학교 문리대 수학과 3학년'이라고 씌어 있다.

"김치호 씨는 이담에 정확한 수학교수님이 되겠어요."

그러나 김치호는 수학교수가 되지 못한다. 그날 1960년 4월 19일 밤 열한 시에 영원히 뜨지 못할 눈을 감은 것이다. 아아, 4월-정직한 이들의 달이여!

수족관

토요일이다. 오후 세 시가 되면 회사 안은 텅 비어버린다. 철그렁거리는 열쇠꾸러미를 든 경비원이 아직도 퇴근하지 않은 직원이 있는지 이 방 저 방 기웃거리며 다닌다. 모두 퇴근한 게 확인된 방은 불 단속 창문 단속 하고 나서 출입문을 잠가버린다.

"이 차장님은 몇 시쯤 가실 거예요?"

경비원이 창문 단속을 하며 경식에게 묻는다.

자기 책상 앞에 앉아 석간신문을 보고 있던 경식은,

"아, 다들 퇴근했나요?"

그제야 자기 혼자만이라는 걸 안 듯 경식은 책상 정리를 대강 마치고 사무실을 나선다. 못다 본 신문은 시내 어디쯤에서 한 장 사서 마저 보면 될 것이다. 전철 안에서건 다방에서건 또는 영화관 휴게실에서건 동전을 주고 신문을 사 읽는 행위는 도시생활의 은밀한 즐거움 중 하나이다. 마치 유명한 찻집에서 커피를 마시듯, 유명한 화가의 전시회를 구경하듯, 유명한 영화를 감상하듯, 유명한 백화점 안을 돌아다니며 물건 구경하듯, 유명한 교수님의 특별강연을 듣듯……

지방의 소도시나 농촌에서 어린 시절을 보내고 이십 대 청년이 되어, 가령 대학진학이라든가, 취직이 됐다든가, 기술연수를 위해서라든가, 요컨대 사회인으로서 자립하기 위하여 서울에 온 청년들 중에서는 방황하는 버릇이 고질병처럼 몸에 배어버린 사람이 많다. 경식도 그런 사람들 중의 하나이다.

처음엔 서울의 지리를 익히기 위해서 버스도 타지 않고 이 거리 저 거리 걸어 다닌다. 촘촘히 늘어선 상점들도 빼

놓지 않고 구경하며 다닌다. 버스정거장 이름도 눈여겨 보아두고, 고층빌딩이라면 수위에게 제지당할 때까지 화장실에도 들어가 보고, 엘리베이터를 타고 오르락내리락해 보기도 하고, 이 복도 저 복도 다니며 문에 붙은 간판들을 구경한다. 신문광고에서 본 유명한 상품의 제조회사라도 발견하면 감동되어 한동안 간판 앞에 서 있곤 한다.

그러한 순진한 호기심의 단계가 지나면 고독감 때문에 방황하는 시기가 닥친다.

자취방이나 하숙방 앞까지 왔다가 이제 열쇠를 꺼내 자물쇠를 열고 방 안으로 들어서는 일이 슬그머니 싫어지는 것이다. 방 안에서 기다리고 있는 시커먼 어둠 스위치를 올리면 전깃불이야 들어오겠지만 불을 밝혀 보았댔자 아침에 나갈 때 내팽개쳐둔 이부자리만이 꼴사납게 나동그라져 있을 게다. 방 안에 들어서면 견디고 있던 피로감이 한꺼번에 밀어닥쳐 꼼지락하기도 귀찮아질 게다. 겉옷만 대강 벗어던지고 이부자리 위에 몸을 던지면 일어나서 전깃불 끄기도 벅차게 느껴져 불을 켜놓은 채 잠이 들어버린다.

그러다가 새벽녘쯤 잠이 깨면 환한 방 안과 죽음 같은 정적과 조금 전에 꾼 악몽의 잔영, 그러한 고독감 때문에 자취방이나 하숙방 앞에서 슬그머니 발길을 돌려 밤거리로 나선다. 되도록 불이 밝은 거리로, 되도록 사람들이 번잡한 거리로 향한다. 사람들이 가장 많이 들끓는 다방을 찾아간다. 음악에 귀를 기울이기도 하고 옆 좌석에서 들려오는 대화를 엿듣기도 하고, 공중전화로 가서 줄을 서서 기다리다가 이 친구 저 친구에게 전화를 걸어 나오라고 꼬셔보기도 하고 예정하지 않았던 약속을 불쑥하기도 한다.

환히 불을 밝히고 모두들 즐겁게 어울려 있는데 자기만 홀로 말상대도 없이 이 거리 저 골목 쏘다니고 있노라면 가슴속 뻥 뚫린 구멍으로부터 찬바람만 세차게 불어오는 걸 실감한다.

대개 이런 시기에 친구의 소개로 알게 된 아가씨와 데이트를 시작하게 된다. 사실은 별로 좋아하는 타입이 아니지만 그나마도 없는 것보다는 나으니까 전화질을 하게 되고 영화구경을 함께 가고 등산여행도 함께 가고 그러다가 어느 날 자취방에나 하숙방에 함께 가게 되고 이부자리 속에까지 함께 가게 된다.

그러다가 결혼식장에까지 함께 가게 되는 경우도 있지만, 보다 맘에 드는 아가씨가 나타나면 그쪽으로 도망쳐버리기도 하고, 두 토끼를 쫓다가 둘 다 놓쳐버리고 다시 혼자가 되어 이 술집 저 술집 기웃거리는 탕아로 변질되어 가기도 한다. 고독감에 떠밀려 시작한 방황벽이 어느 틈에 중독되어 사랑하는 여자와 가정을 이루고 안정된 후에도 없어지지 않고 잠복 상태로 있다가 마치 그때 그 시절이 좋았다는 듯 발작적으로 도지곤 한다. 그런 날이면 아내와 자녀들이 기다리고 있는 집으로 향하던 발길이 어느 모퉁이에선가 슬그머니 돌아서며 인파가 넘실거리는 번화가로 향하는 것이다.

그러면 다시 마주치게 되는 그 낯익은 고독감. 언제 봐도 서먹서먹하고 낯선 거대한 도시. 무관심하게 지나쳐가는 수많은 타인들. 어떠한 무책임한 범죄도 용서받을 것 같은 자기 연민이 마약처럼 피어오른다. 직장의 동료들 틈에서 그리고 가족들 틈에서 잊어버렸던 자기 자신의 존재의 덩어리를 다시 발견하는 것은 마치 상처를 집적거려 고통을 확인해보는 것 같은 일종의 악습이 돼버린 것이다.

경식도 그런 보헤미안들 중 하나이다. 지금은 나이도 서른다섯이나 되었고 학사 출신의 정숙한 아내와 다섯 살과 두 살짜리 아들도 두었고, 대기업의 신임 받는 영업부 차장이라는 직함도 갖고 있으나 이십 대 초반 청년 시절에 붙어버린 방황벽은 치유되지 않고 있었다. 결혼 직후 이른바 신혼 시절엔 단칸 셋방에서 하루 종일 남편만 기다리고 있는 아내 생각에 직장이 끝나자마자 곧장 집으로 달려오곤 했다. 그리고 아내를 데리고 거리로 나가 외식도 하고 영화구경도 하는 동안 그 혼자서 이 거리 저 골목 기웃거리는 버릇이 사라진 줄로 알고 있었다. 그런데 아이들이 태어나서 아내가 아이들 키우기에 골몰하게 되자 언제부터인지 이 방황벽이 도져버린 것이었다.

토요일이다. 경식은 오늘도 여의도에 있는 63빌딩을 향하기로 한다. 토요일 오후 한나절을 이리 기웃 저리 기웃

구경하고 다니기엔 충분할 만큼 거대하다. 그 안에 수족관이니 아이맥스 영화관이니 하는 여러 가지 볼 만한 시설이 있다는 얘기를 듣기만 했을 뿐 아직 한 번도 가본 적이 없다. 그러나 실은 그 시설을 보러 가는 게 아니라 그 도회적인 시설들에 소외당하고 있는 고독한 자기 자신을 만나러 가는 것이다.

거대한 수족관 안에서 아름답게 움직이고 있는 물고기들을 구경하고 서 있는 많은 행락객들 틈에서 까르륵대며 즐거워하고 있는 아이가 경식의 둘째아이이며 그 아이를 안고 있는 여자가 자기 아내이며 아내 옆에 서서 물고기에게 열중하고 있는 어린이가 자신의 큰아들이란 걸 깨달았을 때도 그리고 지금 막 큰아이가 경식을 발견하고 "아빠! 아빠다! 엄마, 아빠야!" 반갑게 외쳤을 때도 경식은 아직 수족관 속의 물고기들과 자신의 가족들이 한 덩어리로 느껴지는 환각에서 깨어나지 못하고 있었다.

"웬일이야?"

"당신이야말로 웬일이우? 당신 오늘도 늦을 것 같아서

애들 구경시켜주려고 왔죠, 뭘."

　종알대는 아내를 보고 있는 경식은, 총각 시절 불 꺼진 자취방 앞에서 발길을 돌려 곧바로 찾아온 곳이 바로 여기였구나, 깨달으며 태어나서 처음 느껴보는 어떤 평안감이 마치 수면처럼 온몸에 스며오는 것을 느꼈다.

우리들은
주간지로소이다

　달도 뜨지 않아 캄캄한 어느 날 밤, 제지공장 뒷마당에 산처럼 쌓여 있는 휴지더미 속에서 소곤거리며 애기하는 소리가 들려왔다. 헌책들, 헌 서류뭉치들, 헌 신문지들 따위의 틈에 끼어 있는 주간지 셋이 주고받는 애기 소리였다.

　서로 처음 만나는 사이지만 다른 치들에 비하여 그래도 같은 종족이라는 친근감 때문에 심심풀이로 말을 주고받게 된 것이다.

　"내 이름은 '주간 농담'이야."

　"내 이름은 '주간 스캔들'이라고 해."

"'주간 에로'라고 불러줘. 만나서 반갑다."

이렇게 자기소개들이 끝나자 '농담'이 미소를 짓고 한 가지 제안을 했다.

"이런 데서 알게 되니 썩 좋은 기분은 아니군. 우리 친구들 중엔 어엿한 장서로서 고이 보관되는 녀석들도 있는 모양이던데. 어쨌든 우리 셋은 같은 배를 탄 셈인데, 어때, 우선 여기까지 오는 동안 제각기 각자가 겪은 재미난 얘기를 한마디씩 하며 시간을 죽이는 게?"

"거 좋지."

"할 얘기야 오죽 많나!"

'스캔들'과 '에로'는 큰 소리로 찬성했다.

이리하여 셋은 밤새도록 기나긴 얘기를 들려주고 듣고 했는데 다음에 소개하는 짧은 얘기들은 그들의 얘기들 중 특히 흥미로운 대목들이다.

'주간 농담'이 한 얘기

난 다름 아닌 바로 날 만든 사람 중의 한 사람 손에 들어갔어. 말하자면 기자라는 사람인데 나이는 서른 살가량, 꽤 잘생기고 공부도 많이 한 사람 같았어. 다만 살결이 까칠한 게 흠이랄까. 일이 고된 탓이겠지만 젊은 사람의 안색이 나쁜 것처럼 보기 딱한 것도 없더군.

그는 나를 받아들자마자 펴볼 생각도 않고 둘둘 말아 호주머니에 쑤셔박았어. 자네들은 그 기분 알겠지만, 사람한테 보이기 위해서 태어난 우리한테는 우리를 봐주지 않는 사람처럼 섭섭한 것도 없을 거야. 그래서 난 항의했지. 왜 봐주지 않느냐고 말이야. 그랬더니 그는 짜증을 내며, '가만있어, 높은 분이 부르잖아?' 하더군. 아닌 게 아니라 높은 분인 눈딱부리가 그를 부르고 있었어. 그리고 묻기를,

"병원 시체실에서 결혼식을 올리겠다는 그 사람들 만나 봤소?"

"저어, 아직……."

"왜 여태껏 만나지 않고 꾸물대는 거요?"

"그까짓 거, 무슨 기사거리가 되겠습니까?"

짐작건대 다음 호를 만들기 위한 준비에 대하여 얘기하

는 모양이었어.

"그까짓 거라니?"

"시체실에서 결혼을 하든 변소에서 하든 그게 어쨌다는 겁니까?"

"허어, 이 친구, 정말 농담하구 있는데 그래. 우리 잡지 제호題號가 뭔지 알고나 있소?"

"주간 농담입니다."

"농담이란 뜻은?"

"한 번씩 웃고 넘겨버려도 되는 무의미한 말이죠."

"그렇소, 바로 그런 농담을 해야 하는 게 우리의 임무란 걸 잊었소? 일주일 내처 진담하느라고 지쳐버린 대중들의 엔진처럼 뜨겁게 단 머리를 농담으로써 식혀줘야 하는 게 나와 당신이 할 일이란 말이요."

"그럴까요? 적어도 우리나라 대중들은 오히려 그 반대가 아닐까요? 일주일 내처 농담 같은 약속, 농담 같은 인간 대접, 농담 같은 보수를 주는 직장에 시달린 탓에 명색이 주말이란 걸 맞아 지면에서나마 진담과 대할 수 있기를 바라는 게 아닐까요?"

"그거 진담으로 하는 소리요? 그럼 한 가지만 더 물어보고 결정을 내리기로 합시다. 당신 마누라 없소? 자식은?"

"아니 아니, 아까 제가 한 말은 농담이었습니다. 곧 취재해 오겠습니다. 시체실에서 결혼식을 하다니, 야, 거참 뉴스 가치 만점입니다."

그는 황급히 밖으로 뛰어나왔어. 그리고 호주머니에서 날 끄집어내더니 땅바닥에 내동댕이치더군. 난 막 고함을 질렀지. 왜 날 버리느냐구 말이야.

그랬더니 그도 고함을 지르더군.

"농담도 여유 있는 사람끼리 할 때 멋이란 말이야. 난 지금 바쁘단 말이야."

생긴 건 그렇잖은데 정말 멋대가리 없는 친구더군. 그렇잖아? 바쁠 때일수록 농담하는 여유를 갖는 게 사람 사는 법이지 그렇잖으면 숨이 막혀 살 수 있나 원. (이하 생략)

'주간 스캔들'이 한 얘기

(앞부분 생략) 그토록 화가 나서 방바닥이 꺼질 듯이 펄펄뛰다가 나중엔 지쳤는지 의자에 털썩 주저앉더군. 그리고 점점 비감한 표정이 되더니 그 대학교수님은 갑자기 나를 두 손으로 움켜쥐고 짓이기며 폭풍우 치는 광야를 헤매는 리어왕처럼 독백을 시작하는 거였어.

"오, 폭풍우여 번개여, 분명히 말해다오. 어째서 내 사생활의 하찮은 부분이 대중들의 입에 오르내려야 하는가를. 일주일 후 이 시간의 텔레비전 프로는 알아도 내 학문의 업적에 대해서는 관심조차 없던 대중들이 내 사생활을 알아야만 할 이유가 무엇이란 말이냐? 오오, 분명히 말해다오. 작으나마 나로서는 만족하고 있던, 내가 누리고 있던 권위, 선망, 존경을 박탈하겠다는 수작이 아니야? 나로부터 빼앗은 것을 저 과부에게 주겠다는 것이냐? 별의별 짓을 다 했지만 요컨대 지금은 억대의 재산가가 된 이른바 성공담의 주인공이라는 과부에게 주겠다는 것이냐? 사생활의 작은 허물 때문에 학문상의 많은 업적이 우스꽝스러워 보여도

옳단 말이냐? 오늘의 억만금 때문에 남 못살게 굴었음이 상상되고도 남는 저 여자의 과거는 간과해도 좋단 말이냐? 그렇지 않다면, 앞 페이지엔 나의 스캔들을, 뒤 페이지엔 과부의 성공담을 실은 것은 무슨 수작이냐? 오오, 폭풍우여 번개여, 재산가와 권력자에게 명예마저 바치려 하느냐? 감히 바라노니, 대중에게 알려다오, 생활상의 허물보다 먼저 학문상의 업적을!"

이때 어디선가 한 떼의 영화배우들이 부르는 합창 소리가 은은히 들려왔어.

"지극히 옳은 말씀. 우리의 사생활보다, 충고해주오, 진지하게. 우리의 연기에 대해. 훌륭한 연기 되면 외화획득 가능하나 사생활은 떠들어봐야 한 푼 안 생겨." (이하 생략)

'주간 에로'가 한 얘기

(앞부분 생략) 난 여기서 너희들과 이렇게 얘기하고 있을 수 있는 것만도 퍽 다행스럽다고 생각해. 여기까지 오는 동안 참 별의별 꼴을 다 당했지. 내 얼굴이 뜨거워서 말로는

다 못 해. 하마터면 화형당할 뻔도 했거든.

한 떼의 대학생들이 나와 내 친구들을 한 무더기 쌓아 놓고 둘러섰어. 그 대학생들 중에서 가장 억세 보이는 젊은 이가 무더기에서 날 집어 들더니 펼쳐서 사람들에게 빙 돌려 보이며 큰 소리로 외쳤어.

"망국풍조 불사르자."

그러니까 다른 대학생들도 큰 소리로 복창했어.

"망국풍조 불사르자."

"섹스를 감금하라."

"섹스를 감금하라."

합창하듯 구호를 외치고 있는 대학생들 뒤에서 한 떼의 나이 많은 분들이 대단히 만족스런 표정으로 웃음 짓고 있었어.

드디어 무더기에 불을 질렀어. 난 다행히 그 억센 대학생의 손에 들려 있어서 살아났지. 아, 그 불! 비참하더군. 내 친구들은 몸을 비비 배배 꼬며 비명을 지르다가 죽었다.

그 억센 대학생은 날 손에 든 채 집으로 돌아갔어. 그리고 방문을 안으로 걸어 잠그더니 나를 읽기 시작했어. 점차로 눈빛이 이상해지데. 별의별 해괴망측한 상상의 날개를 펼치더니 드디어 건강에 별로 좋지 않은 짓을 시작했어. 난 웃음이 나서 견딜 수 없었어. 망국풍조라고 내 친구들을 불사를 때는 언제고 이 꼴은 뭐냐 싶어 말이야. 마침내 절정의 순간에 도달하자 그 대학생, 갑자기 자기 자신도 모르게 미친 듯 외치더군.

"우리를 이중인격자로 만들지 말라."

그 외침이 너무 처절해서 난 웃음이 뚝 그쳐버렸어. (이하 생략)

심심하던 분들은 제지공장 뒷마당으로 놀러 가시라. 낡은 주간지들은 재미난 얘기를 참 많이 들려줄 것이다.

반닫이
여인

혜경이는 서울에서 살고 있는 젊은 가정주부입니다. 예쁘게 생겼지만 깍쟁이고 짜증을 잘 냅니다. 착한 남편은 혜경이의 말이라면 뭐든 잘 들어줍니다.

"우리도 시부모님과 따로 살자구요. 어른들과 한 집에서 살자니 감옥살이 하는 거 같아요."

"나도 가정부를 둬야겠어요. 말썽꾸러기 아이를 둘씩이나 돌보며 밥해 먹으랴, 청소하랴, 빨래하랴, 허리가 아프고 팔다리가 후들거려요."

"우리도 아파트로 이사 가요. 편리한 게 많고 문화적이래요."

"나도 다른 여자들처럼 꽃꽂이 배우러 다닐래요."

남편은 혜경이가 꽃꽂이뿐만 아니라 그림도 배우러 다니도록 도와줬습니다.

"요즘엔 골동품 수집이 유행이래요. 우리도 뭐 좀 사다 두자고요."

남편은 혜경이가 맘에 들어 하는 커다란 반닫이를 사주었습니다.

그 소박한 생김새며 장식 쇠못 하며 한국의 공예품답게 의젓해서 남편도 기뻐했습니다.

그런데 반닫이를 들여온 지 한 달쯤 지난 어느 날 밤 일입니다. 남편은 회사일로 외국 출장을 가서 없고 아이들은 다른 방에서 가정부가 데리고 잠들어 있었습니다. 혜경이는 며칠 전에 남편과 다투었던 일을 생각하며 잠 못 이루고 있었습니다. 다툰 까닭은 혜경이가 화투를 치러 다니는 것 때문이었습니다. 아파트 동네의 한가한 주부들 사이에서는 요즘 화투 노름이 유행입니다. 혜경이는 남들이 하는 건

다 해보고 싶은 여자입니다. 그러나 너그러운 남편도 화투만은 화를 내며 말렸습니다.

"아이들은 가정부한테만 맡겨놓고 화투나 치러 다니는 여자를 나는 좋은 아내라고 생각할 수가 없어!"

남편이 시뻘건 얼굴로 하던 말을 되새겨 보고 있는데 반닫이 문짝이 스르르 저절로 열리더니 그 속에서 창백한 얼굴의 여자가 나타났습니다. 혜경이는 너무너무 무서워서 숨도 크게 못 쉬었습니다.

반닫이에서 나온 혜경이 또래의 젊은 여자는 아름다운 얼굴이었지만 흙물이 군데군데 묻은 삼베 치마저고리를 입은 초라한 모습이었습니다. 사뿐 다가오더니 떨고 있는 혜경이의 손목을 다정하게 잡고 미소 띤 입으로 말했습니다.

"나는 백오십 년 전에 죽은 여자의 귀신입니다만 놀라지는 마세요. 이 반닫이는 원래 내가 시집갈 때 친정에서 해준 혼수품이었죠. 여자란 자기가 시집올 때 해온 물건을 얼마나 사랑하는지 당신도 잘 아실 거예요. 친정 부모님의 정성과 시집가는 처녀의 모든 꿈이 담긴 물건이니까요. 그

애착 때문에 주책없이 죽어서도 이렇게 항상 이 반닫이를 따라다닌답니다. 참, 내 결혼생활 애기를 들어보세요. 그때는 누구나 다 그랬지요. 새벽 첫닭 울 때 일어나서 물을 긷고 많은 식구의 밥을 짓고 낮엔 밭농사 밤에 길쌈. 사랑하는 남편과 아이들을 겨우 대할 수 있는 건 밤늦어 잠자리에나 들었을 때 잠깐뿐이죠. 그러나 행복했어요. 남편이 '피곤하지?' 하며 꼬옥 안아주면 하루의 피곤이 다 풀리는 것 같았어요. 당신도 피곤하도록 일을 해보세요. 사랑은 피곤하도록 일을 하는 부부 사이에만 있답니다. 화투 같은 건 하지 마세요. 내가 셋째아이를 낳다가 피를 너무 많이 흘려 죽었을 때 남편이 얼마나 울어줬는지 아세요?"

남편이 출장에서 돌아와 보니 혜경이는 가정부도 내보내고 열심히 집안일을 하고 있었답니다.

움마
이야기

    어느 늦가을날 밤, 황촌마을에서 송아지 한 마리가 태어났습니다.

    그날 밤, 황촌마을 사람들은 습관에 따라 일찌감치 저녁밥을 먹고 잠자리에 들었으나 마을의 소들이 번갈아가며 내지르는 움메에 소리에 신경이 쓰여 여느 때처럼 쉽게 잠이 들지 못했습니다. 어미 소가 송아지를 낳는 고통 때문에 지르는 신음 소리를 듣고 이 집 저 집의 소들이 '힘을 내라'고 지르는 소리였습니다만, 마을 사람들에게는 그렇잖아도 유난히 캄캄하고 바람이 세차게 부는 밤중에 끊임없이 이어지는 소들의 긴 울음소리가 몹시 처절하게 들려서 뒤숭숭했던 것입니다.

"굉장한 놈이 나오는 모양이구먼."

"두 마리가 나오는 모양이지요?"

"팥돌이 집은 부자된 거야. 새끼 두 마리가 다 암컷이라면 말여."

팥돌이네 옆집 사람들은 이불 속에서 이렇게 속삭였습니다. 그러나 태어난 것은 한 마리 수컷이었습니다. 외양간 속을 들여다보고 나오던 팥돌이 할아버지와 아버지의 얼굴은 섭섭하다는 표정이었습니다. 자라면 새끼를 낳을 수 있는 암송아지는 수컷보다 값이 비싸기 때문입니다. 할머니만은,

"방정맞게 혀는 왜 차시우? 오던 복도 도루 나가겠소. 수놈은 소 아닌가 뭐."

라고 말하며 재빨리 정한수 한 그릇을 소반에 받쳐 외양간 앞에 놓고 그 앞에 쭈그리고 앉아 삼신님께 고맙다고 손을 비비기 시작했습니다.

내일 보라는 어른들의 말에 송아지 보고 싶은 마음을 꼭 누르고 있는 팥돌이 형제들은 마루에 앉아서 갓 태어난 송아지의 이름을 짓고 있었습니다. 외양간에서 들려오는 가냘픈 울음소리를 듣고 있던 막내 팥돌이가,

"움마래여, 움마. 지 이름이 움마래여. 시방 송아지가 지 입으로 그랬단 말여."

우겨대는 바람에 갓난 송아지의 이름은 '움마'가 되었습니다.

외양간 속에서는 어미 소가 혀로 움마의 온몸을 골고루 핥아주고 있었습니다. 어미의 혓바닥이 정성스레 핥고 난 자리에서 고운 털이 석유램프 불빛을 받아 비단처럼 반짝였습니다. 다 핥고 났을 때 움마는 가느다란 네 발로 땅을 버티며 일어서려고 했습니다. 그러나 아직은 힘이 없어 픽 쓰러지곤 합니다. 태어나자마자 제 발로 서려는 모양이 몹시 대견한 듯 어미 소는, 눈을 반쯤 뜨고 움마를 지켜보고 있었습니다. 그러면서 어미 소는 더러운 것이 항상 더덕더덕 묻어 있고 진드기도 몇 마리쯤은 항상 붙어 있고 느릅나

무 가지로 된 코뚜레로 코가 꿰어져 있는 자기의 더럽고 못 난 몸에서 저처럼 깨끗하고 예쁜 것이 나왔다는 사실이 믿어지지 않을 만큼 기쁘고 자랑스럽고 그래서 움마가 몹시 소중하게 생각되는 것이었습니다.

이담에 저 녀석은 틀림없이 훌륭한 놈이 될 거야, 어미 소는 그렇게 생각하면서, 그러니까 잘 길러야지, 라고 자신에게 다짐했습니다만, 그러나 어떻게 되는 것이 훌륭하게 되는 것이고 어떻게 기르는 것이 잘 기르는 것인지 모르는 어미 소였습니다.

보리 이삭들이 파랗게 피기 시작하는 봄이 되었을 때 움마는 제법 송아지 꼴로 자라 있었습니다. 이만저만한 장난꾸러기가 아니었습니다. 모이를 쪼고 있는 닭들 곁으로 살금살금 다가가서 갑자기 움메에 소리 지르며 네 굽을 굴러 닭들이 놀라서 달아나게 하기도 하고, 성급한 마을 사람들이 종자벼를 햇볕에 말리기 위해 멍석에 널어놓은 것을 뿔뿔이 헤쳐놓기도 하고, 외양간에서 슬그머니 빠져나와 시냇가로 달려가서 자갈을 뒤집으며 놀기도 했습니다.

그럴 때는 으레 화난 사람들에게 쫓겨오거나 팥돌이 형제들이 워워 소리치며 몰아대는 바람에 할 수 없이 외양간으로 돌아옵니다. 그러면 어미 소는 근심스런 얼굴로 코를 움마의 얼굴에 갖다 대고 비비며 이렇게 말하곤 했습니다.

"사람들의 비위를 상하게 해서는 안 돼요. 말을 잘 들어야 신세가 편한 거예요."

어미 소가 가르칠 수 있는 말은 이것밖에 없었습니다. 이젠 싫증이 날 만큼 잘 알고 있는 말이기 때문에 움마는 어미가 꾸지람할 기색이면 얼른 제 쪽에서 먼저 '사람의 말을 잘 들어야 편한 거예요'라고 말해버리거나 몹시 배가 고프다는 표정으로 이젠 젖도 나오지 않는 어미의 젖꼭지를 물고 쪽쪽 빨아먹는 시늉을 해버리기도 합니다. 그러면 어미 소는 걱정스런 마음도 금세 없어지고 이 세상에서 가장 행복한 것은 자기와 움마라고 생각하는 것이었습니다.

그런데 딸기가 빨갛게 익고 보리타작이 한창인 초여름 어느 날 아침, 움마에게 슬픈 일이 생겼습니다. 그날 어미 소는 신작로 근처에 있는 팥돌이네 논에서 쟁기질을 하고 있었고 움마는 신작로 가에 자라 있는 풀을 뜯고 있었습니다. 풀도 어지간히 뜯어먹어서 심심해진 움마는 곧게 뻗은 신작로를 따라 슬슬 걸어간 것이 화근이었습니다. 근처 딸기밭으로 놀러가던 승용차 한 대가 달려오다가 신작로 복판을 어슬렁거리며 오는 송아지를 보고 장난삼아 몰아대기 시작했습니다. 움마는 오던 길로 되돌아 죽을힘을 다해 도망치기 시작했습니다. 금방 꽁무니에 부딪칠 듯한 차를 피해 이리 뛰고 저리 뛰면서도 옆 논으로 피해버릴 꾀는 내지 못했습니다. 차에 타고 있는 주정뱅이들은 신이 나서 떠들고 움마는 비명을 지르며 신작로를 달리고 있었습니다. 이 광경을 어미 소가 보았습니다.

쟁기질이나 하고 있을 때가 아닙니다.

팥돌이네 아버지가 아차 했을 때 어미 소는 이미 무거운 쟁기를 끈 채 신작로로 달려가 온몸으로 차 앞대가리를 들이받고 넘어져버린 뒤였습니다.

그날 밤 움마는 어미 소 없는 외양간에서 애처롭게 울

면서 혼자 지내야 했습니다. 아침에 움마의 코에는 전에 못 맡던 역겨운 냄새가 풍겨왔습니다만 그것이 어미 소의 고기가 삶아지는 냄새라는 것은 까맣게 모르고 있었습니다.

"어디로 가니?"

하며 점백이가 움마의 곁으로 다가오며 물었습니다.

"시냇가로 가겠지 뭘."

움마는 대답했습니다.

움마를 몰고 오던 막내 팥돌이가 점백이를 몰고 오던 석이의 귀에 대고 무어라 소곤거렸습니다만 움마와 점백이는 오늘도 같이 지낼 수 있게 된 것이 기뻐서 딴 데 정신 팔겨를이 없었습니다. 점백이는 움마보다 다섯 달 늦게 세상에 태어난 석이네 암송아지입니다. 이미 뿔이 돋기 시작한 움마에 비하면 몸도 가냘프고 어려 보이지만 움마와는 가장 친한 사이입니다. 날씨가 맑은 날, 시냇가 풀밭에서 다정하게 풀을 뜯고 있는 중소 두 마리가 보이면, 아아 또 움마와 점백이가 데이트를 하고 있군, 해도 틀림없었습니다.

오늘도 주인들이 으레 시냇가로 데려다주겠지, 믿고 동구 앞까지 왔을 때, 막내 팥돌이는 움마를 느티나무 밑으로 데려갔습니다. 그곳에는 팥돌이 할아버지와 아버지를 비롯하여 마을 어른들이 몇 사람 모여 있었습니다. 석이는 점백이를 데리고 곧장 시냇가 쪽으로 가는 것이었습니다.

"오늘은 왜 이럴까?"

점백이가 안타까운 듯 소리쳤습니다.

"뭐 곧 뒤따라가겠지. 먼저 가 있어."

움마가 말했습니다.

"금방 와."

하고 점백이가 돌아보며 외쳤습니다.

움마는 불길한 예감이 들었습니다. 마을 어른들이 팥돌이 할아버지의 지시를 받으며 여기저기 말뚝을 박고 쇠꼬챙이를 준비하기 시작하는 걸 보자 움마는 겁이 더럭 났습니다. 그래서 느티나무에 매인 밧줄을 풀고 도망치려고 네 굽을 구르며 비명을 질렀습니다.

그러자 막내 팥돌이가 다가와 잔등을 쓰다듬으며 달랬

습니다.

"오늘부터 니는 어른이 된단 말여, 어른이 되는 거란 말여."

잠시 후에 움마는 네 발이 말뚝에 비끄러매어지고 코가 꿰뚫리고 느릅나무 가지로 만든 코뚜레가 꿰어졌습니다. 그동안 움마는 여러 차례 거품을 물며 정신을 잃었습니다.

맑은 정신이 들고 보니 시냇가였습니다. 점백이가 저만큼에서 서먹서먹한 표정으로 이쪽을 보고 있었습니다. 움마가 반가워서 말을 하려는데 점백이는 슬픈 얼굴로 슬그머니 외면해버리는 것이었습니다. 그제야 움마는 자기 코에 코뚜레가 걸렸다는 사실을 깨닫고 얼굴이 화끈 달아올랐습니다. 냇물로 달려가서 물에 비친 자기의 모습을 보았습니다. 아, 자유스럽던 어린 시절은 끝이 나 있었습니다. 움마도 이제부터는 무거운 쟁기를 끌며 논일을 해야 할 때가 온 것입니다. 몸에는 더러운 것들이 더덕더덕 말라붙을 것이고 진드기도 달라붙어 피를 빨기 시작할 것입니다. 밤늦게나 피곤한 몸을 외양간에 눕혔다가 새벽 일찍 들로 나가서 일해야 할 때가 온 것입니다. 점백이와 함께 마냥 쏘다니며 풀이나 뜯고 장난치던 때는 이미 끝나버린 것입니다.

몇 년이 흘렀습니다. 이제 움마는 논일에도 익숙한 튼튼한 황우가 되어 있었습니다. 먹고 자고 일하는 것밖에는 아무 생각도 없게 되어버렸습니다. 어린 시절의 일은 모두 잊어버렸습니다. 그런 중에서도 새로운 기쁨도 있었습니다.

그것은 점백이가 낳은 새끼 두 마리를 바라보는 기쁨이었습니다. 점백이도 이젠 코뚜레를 걸친 튼튼한 암소로서 논일을 하고 있는데 얼마 전에 새끼 두 마리를 낳아서 거느리고 다닙니다. 그것이 움마의 씨라는 것을 누구보다도 움마는 잘 알고 있었습니다. 쟁기질을 하면서도 움마가 눈을 떼지 않는 곳은 먼 논에서 뛰어다니고 있는 송아지 두 마리입니다. 그 두 마리를 보는 기쁨은 아무리 힘든 일일지라도 가볍게 생각하게 해주었습니다. 그러기 때문에 걱정도 있었습니다. 저것들만이라도 우리보다는 좀 낫게, 자유롭게 살 수 있게 해줄 수가 없을까? 그러나 한낱 걱정에 지나지 않을 뿐 뾰족한 방법은 생각나지 않았습니다.

자기도 결국 어미 소가 그랬듯이 '사람들의 비위를 상해서는 안 돼요. 말을 잘 들어야 신세가 편한 거예요'라는 말밖에 해줄 것이 없을 것 같았고 그래서 안타깝기도 했습니다.

그런데 팥돌이네 집안 사정은 움마가 그런 걱정을 하고 있을 만큼 여유가 없었습니다. 서울에서 대학 다니는 큰 팥돌이의 등록금 때문에 움마를 소장수들한테 팔기로 한 것입니다. 어느 날 아침 움마는 전에 없이 잘 차린 아침 식사를 했습니다. 팥돌이네 식구들이 슬픈 얼굴로 번갈아가며 외양간으로 들어와 움마의 잔등을 쓰다듬기도 하고 얼굴을 쓸어주기도 했습니다. 막내 팥돌이는 소장수들이 트럭을 몰고 올 때까지 숫제 외양간 안에서 지냈습니다. 움마는 영문을 모른 채로 트럭에 타고 황촌마을을 떠났습니다. 차에는 다른 마을에서 실린 듯한 소들이 여러 마리 있었습니다. 달리는 차 위에서 움마는 들판을 뛰어다니고 있는 점백이의 송아지들을 보았습니다.

　그러자 자기가 지금 영영 황촌마을을 떠나는 것이라는 사실을 짐작하게 되었습니다. 차에서 뛰어내리고 싶었으나 빠르게 달리는 차 위에서는 버티고 서 있기에도 어려웠습니다. 고작 긴 울음소리로 점백이와 송아지들을 불러볼 수 있을 뿐이었습니다. 그나마도 들리지 않았는지 아무 반응이 없습니다.

　"배고팠지? 자, 실컷 먹어라."

　며칠을 굶었는지, 이젠 더 이상 몸을 지탱할 수 없을 것만 같을 때 눈이 빨간 사내는 여물을 움마 앞에 갖다놓았습니다. 배가 너무 고프다 보니 떠나온 황촌마을 생각이고 점백이고 없었습니다.

　오직 뭐 좀 먹었으면 하는 생각뿐이었습니다. 그럴 때 여물을 갖다주는 사내는 하나님처럼 고마웠습니다. 움마는 코를 쑤셔박고 정신없이 먹어댔습니다. 팔돌이네 집에서 먹던 것과는 맛이 영 다르고 혀가 쓰린 여물이었지만 배

속에서는 가리지 말고 넣어 보내달라고 성화였습니다. 잠깐 사이에 먹어치우고 나자 사내는 물통 옆으로 움마를 데려갔습니다. 아닌 게 아니라 몹시 갈증을 느끼게 하는 여물이었습니다. 움마는 배가 터지도록 물을 마셨습니다. 잠시 후엔 우락부락한 사내들 여러 명이 손에 몽둥이를 들고 움마를 에워쌌습니다. 겁에 질린 움마가 미처 피할 겨를도 없이 움마의 온몸에 사내들의 몽둥이질이 내리퍼부어지기 시작했습니다.

"네 팔자도 불쌍하다만 우리도 돈 좀 벌어야겠다."

"이래야만 물이 골고루 스민단 말이야."

사내들은 낄낄대며 움마의 비명소리는 아랑곳없이 몽둥이질을 계속했습니다.

사내들이 가고 나자 움마는 정신을 잃고 쓰러졌습니다. 온몸이 퍼렇게 부풀어서 평소의 두 배나 커보였습니다.

다음 날, 멍이 들고 부풀어 뜬 둥 만 둥 한 움마의 눈에 쇠줄이 철컥거리며 오르내리고 피비린내 나는 도살장 안의 풍경이 비쳤습니다. 움마는 조용히 눈을 감아버렸습니다. 더 버둥거릴 기운도 없었습니다. 다만 나직이 '사람들의 비위를 상하게 한 것도 별로 없는데'라고 중얼거려보았을 뿐입니다. 감은 눈에는 황촌마을 앞들에서 뛰놀고 있는 송아지들이 그립게 어른거렸습니다. 그러나 그것도 잠깐, 이마에서 딱 소리가 나는 것과 함께 그리운 풍경들도 사라져버렸습니다. 잠시 후에 움마의 몸뚱이도 산산조각으로 나누어져버렸습니다.

며칠 후 어느 음식점에서 한 사람이 불고기를 먹으며 불평했습니다.

"고기가 왜 이렇게 질겨!"

꼬마비누
매끌이

　매끌이는 조그맣고 하얀 예쁜 화장비누입니다. 태어난 곳은 물론 비누공장입니다. 사람들은 여러 가지 약품으로 매끌이 등비누를 아주 정성 들여 예쁘게 만들었습니다.

　냉각틀이라는 기계에서 튀어나오자, 매끌이는 조그맣고 하얗고 예쁜 자기 몸을 내려다보았습니다.

　"우리는 뭐지?"

　"글쎄 말이야. 우리는 뭘까?"

　매끌이 뒤따라 냉각틀에서 나온 다른 비누도 고개를 갸웃거렸습니다.

"우리가 뭔데 사람들은 우리를 그렇게 정성 들여 만들었을까?"

매끌이가 또 한 번 말했을 때, 어디선가,

"우리는 비누야."

소리 난 곳을 바라보니, 저만큼서 크고 누렇고 못생긴 비누가 매끌이에게 가르쳐주는 것이었습니다.

"비누라니요?"

매끌이가 물었습니다.

"우리 이름은 비누란 말이야. 더러운 때를 깨끗이 씻겨주기 위해서 이 세상에 태어난 비누란 말이야."

"아저씨는 비누겠지만 난 비누가 아닌 모양인데요? 아저씨는 크고 누렇고 못생겼지만 난 조그맣고 하얗고 예쁘잖아요."

"아무리 네가 예쁘게 생겼어도 너는 비누야. 난 빨랫비누고, 넌 화장비누지."

"화장비누요?"

"그래, 난 사람들의 옷에 묻은 때를 씻겨주러 태어났고,

년 사람들의 얼굴이나 몸에 묻은 때를 씻겨주러 태어난 거
야."

"때를 씻겨준다는 게 뭐예요?"

바로 그때 사람들이 다가와서 매끌이와 매끌이의 친구
들을 다른 곳으로 데려가버렸습니다. 그리고 매끌이에게
예쁜 그림이 인쇄된 종이옷을 입혀서 큰 상자 속에 넣었습
니다. 얼마 후엔 자동차가 와서 그 상자를 싣고 갔습니다.

달리는 자동차 속에서 매끌이가 옆 친구에게 말했습
니다.

"우리를 어디로 데려가는 걸까……?"

"글쎄, 어디로 가는 걸까?"

"어쨌든 신난다, 그지? 자동차를 타고 달리게 됐으니."

"그래, 그래. 신나지?"

"우리 노래하자."

"그래, 우리 다 함께 노래 부르자."

매끌이네들은 예쁜 입을 크게 벌려 신나게 합창을 했습
니다.

그러나 자동차 속에서 친해진 친구들과는 금방 헤어져야 했습니다.

사람들이 매끌이의 친구들을 조금씩 조금씩 떼어 데려가버렸기 때문입니다.

매끌이가 이 사람 저 사람 손을 거쳐 맨 마지막으로 도착한 곳은 어느 공중목욕탕의 선반 위였습니다. 매끌이보다 먼저 그곳에 와 있던 화장비누들이 반갑게 맞아주었습니다.

"어서 와. 넌 우리보다 더 예쁘게 생겼구나."

"고맙습니다. 제 이름은 매끌이예요, 앞으로 친하게 지내요."

"그래, 그래, 친하게 지내야지. 우린 머지않아 헤어질 텐데……"

"또 헤어지나요? 다른 친구들과 헤어진 것도 섭섭해 죽겠는데."

"그럼, 우린 헤어지기로 운명 지어져 있잖니!"

"헤어지기로 운명 지어져 있다니요?"

매끌이가 미처 대답을 듣기도 전에, 털투성이의 몸집이 큰 남자가 다가와 매끌이에게 친절하게 가르쳐주던 비누를 덥석 집어 들고 욕실 안으로 들어가버렸습니다. 그 남자의 손아귀 속에서 그 비누가 매끌이에게 울먹이는 소리로 외쳤습니다.

"빠이빠이. 매끌아, 우리 저세상에서 또 만나자."

"안녕히 가세요. 아저씨, 안녕히 가세요."

친절한 아저씨와 헤어지는 것이 슬퍼서 매끌이는 엉엉 울었습니다.

그런데, 더욱 슬픈 일은 그다음에 일어났습니다. 옆에 있던 다른 비누가,

"매끌이라고 했지? 넌 우리 비누가 해야 할 일을 아직 잘 모르는 모양인데, 저걸 봐라."

가리키는 쪽을 보니, 유리창 너머로 끔찍한 일이 벌어지고 있었습니다. 조금 전에 끌려간 아저씨 비누가 털투성이 남자의 몸 위에서 하얗게 거품을 뿜어내며 점점 닳아지고 있습니다. 점점 닳아지다가, 마침내는 하얀 거품만 잔뜩

남기고 사라져버렸습니다. 그 거품마저도 이윽고 물과 함께 하수도 구멍 속으로 떠내려가버리는 것입니다.

"아앗, 아저씨이!"

매끌이는 울부짖었습니다.

"저게 바로 때를 씻겨준다는 것인가요?"

"그래, 저게 바로 사람들의 더러운 때를 씻겨준다는 것이란다. 우리 비누 몸을 녹여버리면서 말이야. 얼마나 자랑스럽니!"

"아, 난 싫어요! 싫어요! 난 얼마나 예쁜데…… 하얀 거품이나 잔뜩 뿜으며 사라져야 하다니. 왜 비누로 태어났을까? 차라리 저기 저 쓰레기통이나 물주전자로 태어나잖구…… 난 도망가고 싶어요. 아저씨, 난 도망갈래요."

"그렇게 싫으냐? 그래, 그럼 도망가렴. 그렇지만 아무데로 가봐도 넌 비누지 쓰레기통이 되는 건 아니다. 우리 몸을 바쳐 사람들한테 더러운 때를 씻겨줘 사람들이 병에 걸리지 않도록 한다는 게 얼마나 떳떳한 일이냐."

"그렇지만, 난 싫어요. 죽고 싶지 않단 말예요."

매끌이가 엉엉 울고 있는 사이에 사람들이 차례차례 다른 비누들을 집어가고 매끌이 혼자 남게 되었습니다.

그리고 매끌이가 눈물어린 눈으로 바라보는 가운데 욕실 속에서 비누들은 불평 한마디 없이 거품을 뿜어내며 자기네 몸을 녹이고, 그러다가 사라져갔습니다.

그 용감한 모습을 보고 있는 동안 매끌이도 차차 마음이 가라앉았습니다.

"그래, 나는 비누야. 틀림없이 비누야. 나도 거품을 내며 내 몸을 녹일 거야. 그러면 저 친절한 아저씨들을, 그리고 다른 친구들을 저 하수구 속 어디쯤에서는 다시 만날 수 있을 거야."

사람이 다가와서 매끌이의 몸을 움켜쥐었을 때, 매끌이는 결코 울지 않았습니다. 두 눈을 꼬옥 감고 이를 악물었습니다.

숙이의
까마귀

숙이가 그 까마귀와 맨 처음 만난 것은 숙이가 네 살 때였습니다. 그때 숙이네는 큰 강이 있는 시골에 살고 있었습니다. 엄마의 머리칼이 저녁바람에 마구 흩날리고 있었고 강물은 저녁 햇볕을 받아 금빛으로 반짝이고 있었습니다.

엄마는 엉엉 울고 있었고 엄마가 우니까 숙이도 앙앙 울고 있었습니다.

"아빠, 미워!"

외쳤으나 엄마한테는 아무 위로가 되지 않는지 울음을 그치지 않았습니다. 오랜만에 집에 돌아온 아빠가 엄마를 마구 때렸던 것입니다. 엄마가 강물 속으로 한 걸음 들어섰습니다.

"엄마, 무서워!"

숙이가 외쳤습니다. 엄마는 더욱 큰 소리로 울면서 강변으로 도로 나와 등에서 숙이를 내려놓았습니다. 그리고 엄마는 금빛 물결 속으로 걸어 들어갔습니다. 엄마가 마지막으로 뭐라고 외쳤는데 그 소리는 감나무 가지에 날아와 앉곤 하는 까마귀 울음소리와 흡사했습니다. 숙이도 뭐라고 외쳤는데 그 소리도 까마귀 소리와 흡사했습니다. 엄마의 머리가 물속으로 사라지자마자 정말 퍼드득퍼드득 날갯소리가 들려오더니 커다란 까마귀 한 마리가 숙이 앞에 내려앉아 히죽 웃었습니다.

"까옥! 이제부터는 엄마 대신 내가 돌봐줄게."

국민학교 삼학년 때 영이라는 계집애가 숙이에게 얄밉게 굴곤 했습니다.

"저 애는 엄마가 여럿이래. 저 애 아빠는 바람둥이래."

영이 때문에 숙이는 학교에 나가기도 싫었습니다.

어느 날, 아빠한테는 학교에 가는 체하고 뒷동산에 가서 나물을 캐고 있는데 그 까마귀가 날아왔습니다.

"까옥! 내가 영이란 년을 혼내줄게."

"어떻게?"

"그네에서 떨어뜨려버릴 거야, 까옥!"

영이는 학교 안에서 그네를 가장 높이 가장 잘 타는 계집애였습니다.

아침에 학교에 오자마자 그네부터 타곤 했습니다. 그네 줄은 높은 플라타너스 가지 위에 매여 있었습니다. 까마귀는 숙이가 나물 캐던 칼을 입에 물고 날아가서 그네 줄을 살짝 베어놨습니다. 다음 날 아침 그네를 타던 영이는 공중에서 땅으로 떨어져 곱사등이가 돼버렸습니다. 그러나 숙이는 조금도 기쁘지 않았습니다. 오히려 무섭기만 했습니다. 그래서 까마귀한테 말했습니다.

"난 네가 싫어. 다시는 내 앞에 나타나지 마!"

숙이가 국민학교를 졸업하자 숙이네는 서울로 이사 왔습니다. 숙이 아빠는 돈을 많이 벌어 부자가 됐습니다. 숙이가 여고생이 됐을 때 잘생긴 청년이 가정교사로 숙이의 공부를 도와줬습니다.

숙이는 하루 종일 그 대학생이 집으로 오는 시간만 기다리게 됐습니다. 공부 시간에도 숙이는 그 남자 얼굴만 우두커니 바라보고 있곤 했습니다.

"숙이가 대학생이 되면 그땐 우리 맘 놓고 사랑할 수 있어."

숙이는 청년의 그 말을 굳게 믿었습니다. 정말 숙이가 대학교에 합격했을 때 청년은 숙이를 꼬옥 껴안고 키스를 해줬습니다. 그런데 어느 날 청년이 다른 여자와 결혼한다는 소문을 들었습니다. 소문은 사실이었습니다.

숙이의 까마귀가 날아왔습니다.

"까옥! 내버려둬서는 안 돼!"

"어쩌려구 그래? 안 돼. 다른 여자와 결혼하게 내버려둬요."

"까옥! 나한테 맡겨둬, 까옥!"

"그이를 다치게 하지 말아요."

그러나 날아갔던 까마귀가 돌아왔을 때 그 크고 날카로운 부리는 피투성이였고 청년의 심장을 물고 있었습니다. 숙이는 엉엉 울었습니다.

강에는 금빛 물결이 넘실대고 있었습니다. 저녁 바람이 숙이의 머리칼을 마구 흩날렸습니다.

"까옥!"

숙이의 입에서 한 마리의 까마귀가 허공으로 날아갔습니다.

위험한
나이

바람이 났나?

아내의 태도가 요즘 이상해졌다고 문득 깨닫고 곰곰이 따져보니 아내의 표정에 뭔가 변화가 생긴 지가 어제 그제가 아니라 한 달도 넘은 것 같다. 그동안엔 다만 내가 일에 열중하느라고 아내의 표정이나 거동을 유심히 살펴볼 겨를이 없었던 것이다.

하기야 결혼한 지 십 년이 넘은, 말썽꾸러기 아이가 둘씩이나 딸린, 나이 사십을 가까이 바라보는 부부 사이에 상대편의 표정이나 거동에 세세히 신경 쓸 여유가 어디 있으며 또 그럴 필요가 뭐 있겠는가. 서로 좋은 면 궂은 구석 다들 내보이며 터억 믿고 살아가는 처지가 아닌가. 가계를 세워나가고 아이들 뒤치다꺼리에만 부부의 신경을 다 모아도 그래도 부족한 판이다. 내가 아내한테서 애교 같은 걸 단념해버린 지 오래듯 아내 역시 나한테서 잔신경을 기대하는 건 무리라고 나는 생각하고 있다.

내가 바로 그렇게 생각하고 있기 때문에 아내는 바람이 난 것일까? 유부녀 바람나서 일 저질렀다는 주간지 기사 같은 걸 보면 그 원인이 틀림없이 남편의 무관심과 가정생활의 권태라는 것으로 돼 있다. '설마 내 아내는…….' 해서는 안 된다. 바람피우는 유부녀가 따로 있는 게 아니란다. 그럴 수 있는 조건만 갖춰지면 아무 여자나 피울 수 있는 게 바람이란다. 지식도 교양도 명예도 재산도 바람 앞에선 아무 소용이 없단다. 유부녀가 바람을 피우는 데는 오직 여자라는 조건만 갖추고 있으면 충분하단다. 그리고 남편의 무관심과 어제 오늘 내일이 조금도 다르지 않고 변화가 없는 가정생활의 권태라는 조건이 옆에서 거들어주기만 하면······.

그러고 보면 그 나쁜 조건을 완전히 갖추고 있는 게 바로 나라는 남편이 이끄는 우리 가정이다.

아내가 '오른쪽 머리가 찌르르 쑤셔요'라고 말하면 '빈혈증일 거야, 약 사 먹어' 정도의 반응을 보내는 것이 나다. 잔병치레를 하는 것은 아이들이다. 아이들이 앓아대는 것만으로도 충분하다. 부모들은 아파선 안 된다. 나나 아내나 아이들을 위해서 아프지 않도록 평소에 제 몸 제가 알아서 잘 관리해야 한다. 그런 생각이 머릿속에 꽉 차 있는 나로서는 그 이상으로 친절한 반응을 내놓기 어렵다. 아내 편에서 보자면 병원까진 데려다주지 않더라도 이마에 손이라도 한번 얹어봐주는 법조차 없는 남편이 섭섭하다는 정도를 지나쳐 미울 지경일 것이다. 권태라는 문제만 해도 역시 그렇다. 부부동반으로 영화구경 가본 지가 아득한 꿈속의 일 같다. 남들이 자가용 타고 유원지로 놀러가는 일요일에도 남편은 텔레비전 앞에 앉아서 야구시합이나 멍청한 얼굴로 보고 있다. 가정부 없는 살림이라 아침, 점심, 저녁 세

끼 해먹고 설거지하고 집 안 청소하고 빨래하노라면 하루가 지나간다. 똑같은 하루가 또 돌아오고…… 아침에 해 뜨는 것이 싫어 죽을 지경이다.

아내의 입장이 되어 헤아려보니 여태껏 바람이 나지 않았던 게 이상할 지경이다.

그리고 고명한 주간지의 의견에 따르면 유부녀 바람나는 나이가 통계적으로 삼십 대 중반부터 사십 대 초반이란다. 청춘의 황혼, 안정된 생활에서 오는 자만, 또는 실패한 꿈에서 오는 반항, 그러고 보니 서른네 살인 아내는 바야흐로 위험천만한 나이로 들어서고 있는 중이다.

주의해서 살펴보니 전에 없이 이상한 거동이 한두 가지가 아니다.

우선 그렇게 잘 내던 짜증이 없어졌다. 아이들이 밖에서 흙투성이가 되어 들어와도 짜증, 남편이 재떨이에 침을 뱉어도 짜증이던 아내가 이젠 그런 걸 봐도 눈살 한번 찌푸리지 않는다. 말없이 흙투성이 애들을 목욕탕으로 데려가고 재떨이 옆에다 슬그머니 화장지를 갖다놓는다.

전에는 남편이 무심코 방귀를 뀌면 펄쩍 뛰어 물러나며 '당신도 이젠 다됐군요. 부인 앞에서 펑펑. 그래 봐요, 나도 당신 앞에서 막 뀌어댈 테니' 어쩌고 하며 아무리 감출 것 없는 부부 사이라지만 서로 조심할 건 조심해야 한다고 애들 나무라듯 훈계하던 아내가 요즘엔 내가 줄방귀를 뀌어대도 피시익 한번 웃고 외면해버리고는 그걸로 그만이다. 이상한 점은 또 있다. 한창 신문 읽기에 정신이 팔려 있다가 옆얼굴이 따끔거려 돌아보면 그동안 나를 가만히 지켜보고 있었던 듯 아내는 황급히 시선을 돌리며 텔레비전의 연속드라마라도 보고 있던 중인 체한다. 왜 내 모습을 지켜보고 있었을까? 바람피우고 있는 상대 남자와 남편인 나를 비교해보고 있었던 건 아닐까?

한번 의심이 들고 보니 이상한 점은 얼마든지 있다. 잠자리에서는 전에 없이 내 품을 파고든다. 그러면서도 정작 그 행위만은 사양이다. '이대로가 좋아요', 남편 아닌 사내와 바람피운 죄의식을 씻어내기에는 하기야 그 정도면 딱 알맞을 것이다. 그리고 결정적으로 수상한 점은, 아이들에게 물어보니 얼마 전부터 아내는 내가 회사에 가고 없는 낮 시간에 이따금 아이들을 옆집 아주머니에게 돌봐달라고 부탁해놓고 두서너 시간씩 외출을 한다는 것이다. '당신, 요즘 어딜 다녀?' 그렇게 물어보고 싶은 충동을 나는 한껏 억제했다. 바람난 여편네라고 사실대로 대답할 리 없는 것이다. '가긴 어딜 가요, 시장에 갔다 왔죠.' 그런 대답을 들을 게 뻔하고 그러면 자신도 모르게 내 주먹은 아내의 얼굴을 후려칠 게 뻔하다. 그런 바보 같은 질문은 자기 아내가 바람났다는 사실을 믿으려 들지 않는 어리석은 남편들이나 할 짓이다. 사실을 정확히 아는 게 천만 번의 질문보다 우선 급한 일이다.

며칠 동안 나는 회사에 출근하는 체하고 집 밖에 숨어서 아내가 외출하기를 기다렸다. 드디어 어느 날 오후 세시경 아내는 외출 차림으로 나왔다. 택시를 타고 아내가 탄 버스 뒤를 쫓아가는 남편의 심정이란 이 세상에서 그 어떤 기계보다 가장 복잡하게 덜덜대는 기계란 걸 누가 알랴!

광화문에서 버스를 내린 아내는 할 일 없는 사람처럼

느릿느릿 걸어간다. 허겁지겁 택시에서 내린 나도 느릿느릿 뒤쫓는다. 아내는 다방으로 들어간다. '연'이라는 이름의 다방이다. 아, 하필이면 연 다방이람. 그곳은 아내와 내가 연애 시절 단골이던 약속 장소였다. 다방 앞에 서니 꿈속의 일처럼 희미해져버렸던 십이 년 전의 일들이 하나둘 생생하게 떠오른다. 가난한 청년은 다방 문을 밀기 전에 데이트 자금인 호주머니 속의 돈의 액수를 다시 한번 확인해보곤 했었지. 옛날의 버릇대로 나는 호주머니 속으로 손을 쑤셔 넣어 본다. 다방 문을 열면 냇킹 콜의 저음이 맞아주겠지. 아내는 생긋 웃으며 '여기예요' 손을 반쯤 올리겠지.

"이 다방이 아직도 있었군."

나는 발길을 돌려 다방 앞을 떠난다. 아내가 다방 안에서 만나고 있는 남자는 옛날의 나일 게 보나마나 뻔하므로, 군살이 찌고 방귀나 뀌어대고 심술이 붙어버린 중년사내의 낯짝을 스무서너 살의 처녀가 돼 있을 아내 앞에 어떻게 들이밀란 말인가!

사랑이
다시
만나는 곳

　정희를 만나게 되는 것은 언제 어디서일까? 그것은 영
호가 어디를 가든지 졸졸 따라다니는 의문이었다. 친구들
과 어울려 비어홀엘 가도, 직장으로 가는 출근길에도, 주말
에 홀로 배낭을 짊어지고 등산을 가도 그 의문은 항상 그를
졸졸 따라다녔다. 그 의문은 예를 들면 '나는 몇 살에 어디
서 어떻게 죽게 되는 것일까?' '십 년 후에 나는 무엇이 되
어 있을까?' 하는 의문과 마찬가지로 지금의 자기로서는
도저히 해답을 얻을 수 없는, 안타까운 의문이었다.

　그가 '떠돌이'라는 별명을 얻을 만큼 유별나게 집에 붙

어 있지 않고 틈만 생기면 싸돌아다니는 이유도 그 의문을 풀기 위해서였다. 정희를 만나게 되는 것은 언제 어디서일까? 혹시 오늘 미도파백화점에서가 아닐까? 거리에서가 아닐까? 남대문시장에서가 아닐까? 그러나 정희를 마지막으로 본 지 사 년이 지났지만 그는 어디에서도 정희를 볼 수 없었다. 어쩌면 정희는 서울에 살고 있는 게 아닌지도 모른다는 생각도 들었다. 남편의 직장이 지방에 있는 것일까? 그러나 영호는 정희가 서울에 살고 있는지 지방에 살고 있는지를 알아보려고 하지 않았다. 그가 게을러서가 아니었다. 알아보려면 간단히 알아볼 수 있는 방법이 없는 게 아니었다. 전화번호부에서 정희 아버지의 이름을 찾아보면 정희의 집(지금은 친정집이겠군) 전화번호를 알 수 있을 터이고, 그러면 가령 사무실의 여직원을 시켜 정희의 친구인 체하고 정희가 지금 살고 있는 곳을 알아낼 수가 있을 것이다. 그러나 영호는 아주 간단한 그 방법을 쓰고 싶지 않았다. 그 방법 자체 속에 영호가 싫어하는 세속적인 때가 묻어 있는 것이었다. 그런 방법은 자기와 정희 사이의 깊었던 사랑을 모독하는 것이라는 느낌이었다. 아니, 그 방법은 정희가 다른 사람의 딸이며 이미 다른 남자의 부인이며 정희마저도 이미 다른 여자가 되어 있다는 것을 인정해버리는 짓이었다. 그런 방법을 써서 자기에게 돌아올 게 무엇이란말인가? 결국 정희에 대해서 자기는 아무것도 아니라는 현실에 부딪치고 말 것이라는 사실을 영호는 잘 느끼고 있다. 정희가 다른 누구도 아니고 오직 정희 자신일 때 만날수 있어야 하는 것이다. 아무개의 딸인 정희나 아무개의 부인인 정희가 아니다. 오직 정희가 정희 자신의 것일 때만이다. 영호가 잘 알고 있고 사랑하고 있는 옛날의 정희란 바로 그런 정희였던 것이다.

자, 그러면 영호가 바라고 있는 바로 그런 정희를 만났다고 하자. 그러면 어쩌겠다는 것인가? 그러나 어쩌겠다는생각은 전혀 떠오르지 않는 영호였다. 만나게 되면 눈으로그녀를 보고 있겠다, 겨우 그 정도 생각밖에는 떠오르지 않는 것이었다.

언젠가 영호는 자기 친구에게 정희를 만나고 싶은 자기

마음을 털어놓은 적이 있었다.

"첫사랑을 오래도록 마음속에 간직하고 잊지 못해 안타까워하는 것은 남자 쪽일까, 여자 쪽일까?"

"그야 물론 남자 쪽이지. 여자들은 남편과 신혼여행을 하는 동안에 깨끗이 잊어버리는 거야. 혹시 그때까지도 잊지 못하는 여자가 있더라도 어린애 하나를 낳고 나면 아주 말갛게 잊어버리지."

"그럴까?"

"내 말이 공자님 말씀인 줄로만 알면 돼. 다 경험해본 남치기야. 우리 여편네한테도 죽자 살자 하던 첫사랑이 있었거든. 지 부모가 억지로 나한테 시집을 보내려니까 울고불고 약을 먹고 자살극을 벌이고 야단이었지. 그래도 안 되겠으니까 마지막으로 나한테 통사정을 하는 거야. 자기가 좋아하는 사람과 살 수 있도록 내가 자기 부모한테 자기와 결혼하기 싫다고 말해 달라는 거야."

"그래서?"

"골이 비었어, 내가 그런 심부름을 하게? 못 하겠다고 했지. 지금 네가 좋아하는 그 남자가 널 좋아하는 것 몇 배 이상으로 나는 네가 좋다고 했지. 기어코 널 내 여편네로 만들어야 하겠다고 딱 잘라 말했지."

"그랬더니?"

"기가 찼는지 입을 벌리고 멍하니 나를 쳐다보더군. 그 순간 날쌔게 껴안고 키스를 해댔지."

"……."

"고걸로 다 된 거지 뭐. 지금은 우리 여편네가 나한테 별 아양을 다 떠는 거, 너두 알지 않아? 그게 여자라는 거야."

"그렇지만 네 부인도 속으론 그 첫 애인을……."

"이 친구가 남의 부부를 이간질 놓나?"

"아냐 아냐, 그런 뜻은……."

"생각할 테면 하라지. 지가 속으로야 첫사랑을 생각하든 둘째 애인을 못 잊어하든 그래서 어쨌다는 거야. 나한테 별 아양 다 떨구 내 새끼가 이뻐 죽겠다는데, 그러면 됐지 어쨌다는 거야. 아참, 한번은 그러더라. '여보, 만일 지금 내 첫 애인이 날 보고 싶다구 우리 집으로 찾아오면 당신 어떡

하겠어요?' 그러지 않아?"

"그래서 뭐라고 했니?"

"아이구, 감사합니다. 제발 좀 다시 데려가 줍쇼, 그런다 구 했더니 여편네 왈, '힝, 이제 와서 날 차버리려구?' 그러 면서 날 막 꼬집구 야단이더라."

"……"

"남자와 여자는 원래 조물주가 그렇게 만들어놓은 거 야. 남자는 무언가 사랑하지 않고는 살 수 없게 되어 있고 여자는 사랑받지 않고는 살 수 없게 되어 있단 말이야. 여 자란 누구한테서든지 충분한 사랑만 받으면 편히 살 수 있 게 되어 있어. 네가 못 잊어하는 정희라는 여자도 지금 자 기 남편한테서 사랑을 받고 있으면 그걸로 충분히 만족하 는 거야. 너의 과거 사랑까지 추억해야 할 필요가 없는 거 지. 만일 남편한테서 만족할 만한 사랑을 받지 못했다면 버 얼써 너한테 다시 달려왔을 거야. 그리고 너도 그렇지. 넌 남자니까, 무언가 사랑하지 않고는 살맛이 나지 않으니까 이미 가망 없다는 걸 잘 알면서도 아직도 그 여자를 잊지 못하고 있는 거야. 그러니까 잘 생각해보면, 다른 걸 사랑하게 되면 그 여자를 잊어버릴 수 있다는 얘기다."

"나두 노력해봤어. 다른 여자를 사랑해보려구 말이야. 그렇지만 아직 정희만큼 좋아할 수 있는 여자가 없었어."

"반드시 다른 여자를 사랑하라는 얘기는 아니야. 가령 지금 네가 하고 있는 일을 사랑하면 되는 거지. 남자란 일을 여자 이상으로 사랑할 수 있거든. 조물주가 그렇게 만들어놓았어요. 만일 정희라는 여자가 지금 네 부인이 되어 있다고 해보자. 그러면 틀림없이 넌 그 여자보다도 네가 하는 일을 더 사랑하고 있을걸."

"그럴지도 모르지. 그렇지만 그건 정희가 내 곁에 있는 다음의 얘기야."

"그것 봐, 네가 지금 그 여자를 죽도록 사랑하고 있고 영원히 사랑할 것처럼 생각하는 모양이지만 따져보면 결국 소유하고 싶다는 욕심뿐이란 말이야. 일단 소유하고 나면 네 사랑은 다른 데로 옮아가는 거지. 일을 사랑하게 될 거야. 그렇게 되면 그때는 그 여자가 귀찮게 여겨질지도 몰

라. 그러니까 결국 내 말은, 이제 못난이 짓 그만하고 사랑을 옮겨보란 말이야."

"아니 뭐…… 뭐…… 그냥…… 그런 거지, 뭘."

영호도 이제 와서 새삼스럽게 정희가 자기한테 올 수 있다고 기대하는 건 아니었다. 다만 한 번만이라도 보고 싶다는 감정이 언제부터인가 '정희를 만나게 되는 것은 언제 어디서일까?' 하는 의문으로 바뀌어 그 의문이 그를 항상 졸졸 따라다니는 것뿐이었다. 그나마도 정희와의 마지막 순간이 어정쩡하지 않고 칼로 끊은 듯이 명백했더라면 그런 감정을 빨리 포기할 수 있었을 것이다. 그들의 이별은 애매하기 짝이 없었다. 영호가 군에서 휴가를 나왔을 때 정희는 휴가 기간 동안 내내 영호와 함께 지냈다. 휴가가 끝나 부대로 돌아갈 때도 버스정거장까지 따라나와 빈 버스 뒤에서 사랑의 뽀뽀를 했다. 그리고 왜 편지가 안 올까 했는데 그것이 마지막이었던 것이다. 참으로 알쏭달쏭한 이별이었던 것이다. 이별이 애매했던 것처럼 다시 한번의 만남도 안개 저편으로 불쑥 튀어나오듯 그렇게 될 것만 같아서 영호는 '언제 어디서'를 기다리고 있었다고 할 수 있을 것이다.

아아, 그런데 조물주란 얼마나 짓궂은 장난을 좋아한단 말인가!

어느 날 영호가 시무룩한 얼굴로 친구를 찾아와서 울먹 거리는 음성으로 이렇게 털어놓는 것이었다.

"어젯밤에 나는 기차를 타고 있었어. 회사일로 출장을 갔다가 돌아오는 길이었지. 타향 음식이 맞지 않았던지 난 배탈이 몹시 났어. 거의 이십 분 간격으로 변소엘 가야 했 지. 그래서 나중엔 변소 다니는 것도 귀찮아서 아예 기차 변소 칸에 엉덩이를 까 내놓고 앉아 있었지. 그런데 갑자기 변소 문이 덜크렁 열렸어. 깜박 잊고 자물쇠를 안 잠근 거 야. 사람이 있는지 모르고 들어서던 여자가 '어마!' 하고 비 명을 지르는데 눈이 마주쳤어. 바로 정희였어……. 이젠 잊 을 수가 있을 것 같아."

어떤
결혼 조건

항상 궁금한 것들 중의 하나는, 한 남자와 한 여자가 어떤 이유로써 서로 사랑을 느끼고 또 결혼이라는 어마어마한 약속을 하게 되는가 하는 것이다. 그래서 나는 기회 있을 때마다, 친구건 선배건 붙잡고 '부인과 결혼하게 된 얘기를 좀 해달라'곤 한다. 그렇게 하여 들은 얘기들 중에서 하나를 여기 소개하면—

벌써 십 년도 넘었다. 당시는 일류대학을 나오고도 빈둥빈둥 놀아야 하는 취직난 시대였다. 나로서는 우선 일자

리를 얻어 자립하는 게 유일한 관심사였기 때문에 내 결혼
에 관한 것 일체를 큰형님 부부에게 맡겨버리고 있었다. 특
히 큰형수님은 시동생들의 아내를 자기 손으로 골라주고
싶어 안달이었다. 만일 내가 결혼하면 우리 부부가 살 집
을 사 주기로 한 것은 큰형님이었기 때문에 그 집에서 함께
살 여자를 큰형님 내외가 결정하는 건 당연한 걸로 나는 생
각하고 있었다. 그래서 교제하게 된 여자는 서울역 근처에
있는 여관집 따님인데 눈이 크고 섬세하게 생겼기 때문에
키가 좀 작다든가 코가 좀 납작하다든지 하는 결점을 충분
히 보충해주고도 남음이 있는 대학 이학년짜리였다. 그녀
의 생김새에 대해서는 나는 만족했던 것이다. 그러나 지저
분한 손님들이 출입하는 여관집에서 자라난 여자라는 게
어쩐지 꺼림칙했다. 지금은 교제의 첫 단계니까 저렇게 얌
전을 빼고 순진한 체하지만 속에서 천년 묵은 여우가 도사
리고 있을 거야. 그러나 수개월 동안 사귀어 보니 그건 나
의 지나친 선입감이었고 오히려 너무너무 순진하고 세상
물정을 모르기 때문에, 나는 그 여관을 메우고 있는 온갖

역겨운 냄새도, 그리고 내 장모가 될 아주머니가 쉰 목소리로 상소리를 해대면서 밉상의 손님과 싸우곤 하는 것도 오로지 그 딸을 순진하고 얌전하게 길러놓기 위한 중대한 수단이었나 보다고 생각하게 됐다. 그러자 이번엔 그 처녀에 대한 다른 염려가 생겼다. 세상물정에 눈이 어둡고 곧잘 자기 얼굴을 빨갛게 물들이는 재주밖에 없다는 건 생존경쟁이 극심한 서울바닥에서 살기엔 결코 미덕이 아닌 것이다. 동사무소에 가서 서류 한 장 못 떼고 시장에 가서 바가지만 쓰는 아내란 얼마나 답답할까. 그런데 어느 날, 그 모든 염려가 깨끗이 사라지고 말았다. 나로서는 더 바랄 수 없이 이상적인 처녀라는 걸 알게 되었다. 그녀가 들려준 얘기 덕분에 말이다.

"제가 대학입시 공부를 하고 있을 때니까 작년 1월예요. 눈이 많이 오는 날이었어요. 초라한 사십 대의 남자분 둘이 우리 여관에 들었어요. 알아듣기 힘든 사투리를 쓰는 시골 사람들이었는데 한 사람은 서울에 몇 번 온 경험이 있는지 자기 친구한테 '저게 남산이야, 저쪽이 서대문이고.'

그리고 자기 지방 출신 국회의원 이름을 마치 친구나 되듯 아무개가 어쩌구 하면서 으스대곤 했어요. 그러면 서울이 처음인 모양인 또 한 사람은 몹시 불안한 표정으로 남산을 올려다보기도 하고 서대문 방면의 거리를 기웃거리며 고개를 끄덕이곤 했죠. 내 눈에는 그 사람은 평생 시골에서 농사만 짓고 사는 착한 남자라는 걸 알 수 있었어요. 사슴처럼 몹시 순한 눈이 인상적이었어요. 그런데 며칠 후, 어머니한테서 나는 깜짝 놀랄 얘기를 들었어요. 그 순하게 생긴 농부는 논은 조금밖에 없는데 식구는 열 명이 넘어서 몹시 가난했대요. 아이들은 자꾸 자라는데 학교도 못 보내고 자기는 어쩐지 머지않아 죽게 될 것 같은 생각이 자꾸 들고, 무슨 짓을 해서라도 자식들에게만은 그 가난을 물려주고 싶지 않은데 아무런 방법은 없고요. 그런데 마침 고 잘 아는 체하는 친구가 신문을 들고 찾아왔대요. 미국의 어느 장님이 눈을 사겠다는 공고를 냈는데, 눈 한 알에 삼십만 달러를 주겠다는 거였어요. 눈 하나 없애 그만한 돈이 생긴다면 자식들을 위해서 그게 어디냐. 그래서 그 농부는 친구한테 매달렸대요. 그 미국 사람한테 내 눈을 팔 길은 없을까 하구요. 마치 그 친구가 그 미국 사람이거나 한 듯이 매달렸대요."

"삼 만인가 삼십 만인가에 눈을 사겠다고 한 게, 혹시 레이 찰스 아냐?"

"맞았어요. 장님 가수, 〈아이 캔트 스톱 러빙 유〉를 부른 흑인 장님 가수 말예요. 어떻게 아셨어요?"

"작년 언젠가 신문 해외토픽 난에서 레이 찰스의 광고에 대한 기사를 읽은 기억이 나."

"바루 그거예요. 어머니가 그 얘기를 들려주시기에 어떻게 우습던지 당장 신문을 뒤져봤죠. 동아일보 해외토픽 난에 그런 게 실려 있었어요. 그런데 미국 국내에서만도 자기 눈을 팔겠다는 사람이 마흔여덟 명이라고 씌어 있었거든요."

"그래서 그 손님들은 레이 찰스한테 눈을 팔 길을 찾기 위해 서울에 왔단 말이군?"

"맞았어요. 그 아는 체하는 친구가 그 지방 출신 국회

의원하구 무슨 친척이 된대요. 미국 안에서만도 눈을 팔겠
다는 사람이 저렇게 많으니 이런 일은 국회의원을 내세워
야 한다고 주장해서 농부를 데리고 서울로 온 거예요. 그리
고 국회의원을 찾아가서는, 이건 외화 획득이니까 그 농부
뿐만 아니라 국가적으로도 좋은 일 아니냐. 그러니까 국회
의원들이 나서면 안 되는 일이 없을 테니 그 미국 장님한테
이왕이면 이 가난한 한국의 농부 눈을 사게 해달라고 주선
해 달라. 그러나 국회의원은 농담 말라고 한마디로 거절하
면서 한편 그럴듯한 이유를 내세웠어요. 미국 사람들은 눈
동자가 파랗거나 노라니까 검은 눈은 필요하지 않을 거라
구요. 그래서 그 농부와 친구는 낙심천만하고 있다는 거였
어요. 그런데 그만 제가 그 장님은 흑인이니까 오히려 검
은 눈동자밖에 필요하지 않을 거라구 얘기를 한 게 잘못이
었어요. 그 말을 어머니가 그 사람한테 전하고 그래서 그
사람들이 다시 용기를 낸 것까지는 좋았는데 그 엉터리 같
은 사건에 제가 끌려 들어가고 만 거요. 레이 찰스 선생 앞
으로 영문편지를 써달라고 저한테 마구 매달리는 거예요.

삼십만 달러를 다 주지 않아도 좋다. 십오만 아니 오만, 아니 삼만 달러만 줘도 팔겠다. 만일 눈을 옮기는 수술을 하기 위해 이쪽에서 미국까지 가야 한다면 미국 가는 비용도 일체 이쪽 부담으로 하겠다는 내용을 되도록 애원하는 식으로 써달라는 거였어요. 전 민족적인 자존심이 상해서 얼굴이 화끈거리고…… 도저히 그런 편지를 쓰고 싶지 않아서……."

"그래서 안 썼나?"

"안 쓰고 배길 수 없었어요. 한영사전을 찾아가며 시킨 대로 편지를 썼죠. 그 사람들이 신문사에 가서 알아가지고 온 레이 찰스의 주소로 말예요. 어머니 얘길 들으면 그 편지를 부치고 난 후부터 그 농부는 당장 자기 눈이 팔리기라도 한 듯 매일 술을 마시며 밤늦게까지 떠든다고 해요. 시골 자기 집에다가는 염려 말라, 조금만 기다리면 된다고 편지도 썼대요. 회답이 올 때까지 우리 여관에서 묵을 작정이었던 거예요. 어느 날 밤, 안채 화장실엔 동생이 들어가 있어서 여관 안의 손님용 화장실에 갔더니 그 농부가 벽 거울에 비친 자기 눈을 뚫어지게 보고 있다가 얼른 고개를 돌리더군요. 술 취해서 빨간 얼굴에 눈물이 흘러내리고 있었어요. 이제 팔려갈 눈을 보고 있었던가 봐요. 다음 날, 그 농부를 안방으로 모시고 가서 전축을 틀어 레이 찰스의 노래를 들려줬어요. 디스크 재킷에 인쇄된 레이 찰스의 사진을 유심히 보면서 음악을 듣고 나더니 그 농부가 그러더군요. 이런 사람은 왜 그렇게 돈이 많으냐고요. 노래만 불러가지고 그렇게 부자라는 게 아무래도 이해가 안 되고 납득이 안 되나 봐요."

"그래서 회답이 왔나?"

"아아뇨, 두 달이 지나도록 답장 같은 건 없었어요. 그 대신 시골에서 얼마 안 되는 논을 판 돈을 가지고 시골의 식구들이 모두 서울로 올라와서 그 농부와 함께 서울의 어디론가 떠났어요. 눈까지 팔겠다고 하던 놈이 무얼 못 하겠느냐고 하면서요."

그리고 그 처녀는 말하는 것이었다.

"전 우리가 살아가야 할 이 서울에서 우리 이웃 사람으로서 함께 살아가야 할 사람들이 어떤 사람들인지를 그제야 처음 알았어요. 어쩌면 어리석고 그렇지만 자식들을 위해서 눈을 팔겠다고 나설 만큼 뜨겁고……. 남들이 눈 한 개를 팔겠다고 나설 때 전 눈 두 개 다 팔겠다고 해야 한다는 걸 그때 각오했어요. 우리들이 살아야 할 인생은 그런 각오 없이는 출발할 수 없는……."

내가 그 처녀를 평생의 아내로 결정한 건 그 말 때문이었다. 물론 그 크고 예쁜 눈을 팔아야 할 경우가 결코 생기지 않도록 하겠다고 나 자신에게 다짐하면서 말이다.

어느
남북회담

낮엔 물론이고 초저녁까지만 하더라도 사람과 물건과 소리와 먼지 등으로 정신을 차릴 수 없이 번잡한 동대문시장도 통금시간이 가까워지면 믿을 수 없을 만큼 조용해진다. 통로에 널려 있는 쓰레기들, 상점의 덧문에 자물쇠를 채우는 점원들, 아직도 켜져 있는 몇 군데 상점의 전등불빛, 가까운 술집들에서 들려오는 높은 음성들도 이 시각엔 시장의 보기 드문 조용함을 더욱 돋보이게 하는 장식에 지나지 않는다.

'능라포목점'의 한구석을 빌려 재봉틀 한 대를 놓고 삯

바느질로 생계를 이어가고 있는 '전라도 아줌마'가 집으로 돌아가는 시간은 이런 때이다. 몇 푼 생기지 않는 일일수록 수고는 많은 법이다. '능라포목점' 주인인 '영실네'와 수다스런 점원들은 저녁 아홉 시만 되면 상점 문을 닫고 집으로들 가버리지만 잔손질이 많이 가는 재봉 일에 항상 뒤쫓기는 '전라도 아줌마'는 덧문까지 닫아놓은 상점 안에 혼자 남아 마지막 버스를 겨우 놓치지 않을 만한 시간까지는 재봉틀을 돌려대야 한다.

바늘을 맞춰놓은 자명종 시계가 열한 시를 알리면 '전라도 아줌마'는 상점을 나와 현기증 나는 머리를 한 손으로 누르고 포목상가의 길고 모퉁이가 많은 통로를 지나 시장의 서쪽 문을 향해 달리다시피 걸어간다. 동쪽 문으로 나가면 버스정류장까지의 거리가 훨씬 가깝지만 몇 날 전 동쪽 문 밖 바로 맞은편에 있는 '만수청과상회'의 주인이 바로 이십여 년 전의 김 형사인 것을 알고 나서는 좀 멀지만 반드시 서쪽 문으로 나가는 것이다. 가령 서쪽 문으로 나가느라고 시간이 걸려 막차를 놓치는 일이 있더라도 그래도 김 형사의 눈에 들켜 그 지긋지긋한 질문을 또다시 받게 되느니보다 훨씬 나은 것이다.

"애 아버지한테서 무슨 소식 없었소?"

"빨갱이들한테 잡혀간 사람이 소식은 무슨 소식이 있겠소?"

"잡혀가? 제 발로 걸어가 빨갱이가 되어 이북으로 넘어간 사람을 잡혀갔다고?"

"워찌 됐든 나 몰라라. 그 바보 멍텅구리 같은 사람, 시방은 서방이라고도 생각 않응께…… 나한테 물어도 소용없어요."

"혹시 돌아오거든 자수하라고 하시오. 그러면 살 수 있소."

"잘 알고 있응께 제발 우리 집엔 그만 오시오. 김 형사님만 보면 난 식은땀이 막 쏟아지고 아그들은 벌벌 떨구만요. 참말로 무섭구만요."

'전라도 아줌마'의 남편은 이른바 '의용군'에 끌려가서 행방불명이 되어버렸던 것이다. 경찰에서는 월북자로 간

주하고 있었다.

육이오 직후 공포로 가득한 살벌한 시기였다. 그리고 김 형사야말로 '전라도 아줌마'에게는 그 살벌한 시대의 화신으로 비쳤다. 이십여 년 전 '전라도 아줌마'가 어린 자식들을 데리고 고향을 떠나 먼 서울로 온 가장 큰 이유는 '말새끼는 제주도로 보내고 사람의 자식은 서울로 보내라'는 말에 따르자는 것이지만 또 하나 김 형사라는 공포의 대상으로부터 도망쳐보겠다는 생각 때문이기도 하였다.

그런데 몇 달 전, '만수청과상회' 앞을 지나다가 점원들을 바쁘게 지휘하고 있는 상점 주인의 얼굴을 본 순간 '전라도 아줌마'는 서울생활을 하는 동안 까맣게 잊어버렸던 옛날의 공포가, 마치 국가에 죄를 짓고 숨어 있는 듯하던 기묘한 죄의식이 문득 강하게 되살아났던 것이다.

남북으로 흩어져 있는 가족들끼리 서로 만나볼 수 있도록 하기 위해서 남북적십자회담이 열리게 되었다는 뉴스를 '전라도 아줌마'가 들은 것은 '능라포목점'의 한구석, 그녀의 재봉틀 앞에서였다.

그 뉴스는 대부분이 북한에 가족이나 친척을 다 두고 온 '따라지'들인 이 동대문시장 안의 상인들을 거의 광적인 기쁨 속으로 휘몰아 붙였다. 가뜩이나 열광적인 이북 기질에 결코 조용해서는 안 되는 상인 기질까지 몸에 밴 그들이 이 살인적이라 할 만큼 기쁜 뉴스를 듣고 나서 얼마나 시끄럽게 떠들어댔을까 하는 것은 여기서 묘사할 필요조차 없다.

그들은 통일이 되어 고향으로 돌아가게 되는 날, 고향에 남겨두고 온 사람들에게 성공한 자신의 모습을 보여주기 위해서 그동안 있는 힘을 다해 열심히 살아왔다고 해도 지나친 말이 아닐 만큼 두고 온 사람들과 만날 날을 기다려왔던 사람들이다. '남북통일'이란 말에 대해서 남한의 어느 부류의 사람들보다 가장 민감한 반응을 보이는 사람들이었다. 그리고 그들은 지난 이십여 년의 경험을 통해서 남겨두고 온 사람들을 만나볼 수 있는 것은 통일 작업의 가장 마지막 단계에서나 가능하리라고 여기고 있었던 사람들이다.

그러나 그들에게는 '남북적십자회담'의 뉴스가 일단은 통일이 멀지 않았다는 복음처럼 들릴 수밖에 없었다. '능라 포목점'의 주인인 '영실네' 역시 그런 사람들 중의 하나였기 때문에 상점 안은 마치 통일 전야라도 된 듯 흥분된 음성들로 가득 차 있었다. 두고 온 사람들에 대한 별의별 추억, 지금 그들이 얼마나 변했고 어떻게 지내고 있을까에 대한 별의별 상상, 그들을 만나게 되면 생길 수 있는 별의별 경우…… 등등이, 그 뉴스를 듣고 나자 더욱 억세어진 듯한 사투리로 소란스럽게 얘기되었다.

　　그 기쁜 흥분의 한구석에서, 그러나 '전라도 아줌마'는 그들처럼 기뻐지지가 않고 오히려 점점 뭔가 무서워지기만 했다.

　　'영실네'들이 떠드는 소리를 들으면 금방 통일이 될 것만 같은데 '통일'이란 말이 어쩐지 '전쟁'이란 말처럼 무시무시하게만 들리고 이만큼이나 자리 잡은 서울생활과 이젠 다 나가서 저마다 한 사람 몫을 하고 있는 자식들을 자기의 품에서 빼앗아버리게 될 어떤 사건인 것처럼만 들리는 것이었다. 가장 두려운 것은 그러나 그것만이 아니었다.

그 미련한 것이 정말 이북에라도 가 있었다가 정말 적십자사인지 뭔지 하는 기관을 통하여 '여편네를 만나고 싶다' '자식이 보고 싶다'고 불쑥 나타난다면 어떻게 하나. 경찰에서, 옳지, 그것 봐라, 역시 네 남편은 빨갱이가 되어 이북에 가 있잖아, 하며 달려올 게 뻔하다.

하기야 혼자 힘으로 그 어린 자식들을 길러낸 자랑을 남편한테 하고는 싶다. 그러나 애비가 빨갱이가 되어 있음으로써 기껏 공들여 길러놓은 자식들에게 어떤 해독이 끼쳐진다면 그런 애비는 제발 나타나주지 말았으면!

그런 생각으로 떨리기만 하는 '전라도 아줌마'의 귀에는 '영실네'가 걸어오는 말조차 어떤 협박처럼 들렸다.

"전라도 아줌마는 우리 기분 모를 거야. 이북에 아는 사람이 없으니……."

"그, 그러구 말구요. 나 까짓 게 그 기분을 알겠어요. 하여튼 좋으시겠어요."

바늘 잡은 손이 떨리는 것을 감추며 대답하는 '전라도

아줌마'였다.

　그런데 마침 '전라도 아줌마'의 둘째아들이 월남 복무를 마치고 휴가를 얻어 집에 왔다. 검게 그은 아들의 얼굴을 보는 순간, '전라도 아줌마'는 문득 한 가지 좋은 생각이 떠올랐다. 이 아들을 앞세우고 찾아간다면…… 그렇다, 이 애를 앞세우고 찾아가면 김 형사도 더 이상 나를 못살게 굴지 않겠지.

　"어서 오십시오."

　상점 안으로 들어서는 '전라도 아줌마'와 군복 차림의 둘째아들을 인상 좋은 점원이 반가운 듯 맞이했다.

　"저어, 사장님을 뵈러 왔습니다만……."

　'전라도 아줌마'는 떨리는 음성으로 말했다.

　"왜 그러십니까? 제가 김만수올습니다."

　안쪽에서 굵고 명랑한 음성으로 말하며 김 형사가 나왔다. '전라도 아줌마'는 그 오랜 버릇이 시키는 대로 흠칫 떨며 황급히 고개를 숙였다. 그러나 이래서는 안 된다. 이래서는 안 돼. 용기를 내어 고개를 똑바로 쳐들고 '전라도 아

줌마'는 입술을 가늘게 떨며,

"죄송합니다. 진즉 찾아뵈오려고 했습니다만……."

"저어, 누구시던가요?"

김 형사는, 아니 이제 동대문시장 안에 자리 잡고 있는 '만수청과상회'의 김만수 씨는 미소를 띤 어리둥절한 표정으로 '전라도 아줌마'를 보며 물었다.

"얘가 제 둘째 놈입니다."

입을 우물거리다가 엉뚱한 말을 불쑥 꺼내는 '전라도 아줌마'에게는, 미소를 띠고 자기를 내려다보고 있는 김 형사도 이제야, 시장 안에서 매일 만나는, 어딘지 친근감을 주는, 부지런하고 떠들썩한 한 사람의 상인에 지나지 않아 보이는 것이었다.

"둘째 아드님이시라구요……."

"예, 월남에 가서 베트콩들하고 싸우다 며칠 전에 돌아왔답니다."

"아, 그러세요? 수고가 많으셨겠습니다."

김만수 씨는 아직도 어리둥절한 채 그러나 아무에게나

미소를 잊지 말아야 하는 상인다운 표정으로 아줌마의 둘째아들과 악수를 했다. 그 무서운 김 형사와 사나이답게 악수하고 있는 아들의 모습을 벅찬 가슴으로 바라보며 '전라도 아줌마'는 또 한마디 덧붙이는 것이었다.

"애들은 절 닮았지요, 애비는 안 닮고. 헤헤……."

손가락에
눈이 달린
여자

영이라는 여자가 있었습니다.

그 여자가 일곱 살 되던 해 일입니다.

어느 날 어른들이 다 외출해버려서 빈집을 지키며 마당에서 놀다가 담 밑에 구멍이 동그랗게 나 있는 걸 보았습니다.

어제까지도 그 자리에 그런 구멍이 없었던 것만 같은데 오늘 눈에 띈 것입니다. 그 구멍은 우연히 생긴 것 같지가 않았습니다. 영이의 작은 주먹이 간신히 들어갈까 말까 한 크기의 그 동그란 구멍 가장자리로 흙이 소복이 테두리하고 있는 모양이 누군가 솜씨 좋은 사람이 정성들여 만들어 놓은 듯합니다.

구멍은 꽤 깊어 보였습니다. 얼굴을 바싹 대고 들여다 보았지만 굴 입구 근처만 보일 뿐 그 안쪽은 캄캄해서 보이지 않습니다.

보이지 않으니까 보고 싶은 다음은 더욱 간절해집니다. 저 속에 무엇이 있을까? 저 구멍은 어디로 통해 있을까? 저 굴은 얼마나 깊어, 얼마나 멀리 뚫려 있을까?

그 굴 저쪽에는 동화책 속에 나오는 귀여운 난쟁이들의 나라가 있을 것만 같습니다. 깃발이 펄럭이는 알록달록한 궁전과 생쥐가 이끄는 수레에 왕자님과 공주님처럼 차려 입은 난쟁이 남녀 어린이들이 온갖 악기를 다루며 즐겁게 무리지어 놀고 있는 세계가 있을 것만 같습니다.

아, 저 구멍 속을 볼 수 있다면!

그때 문득 영이에게는 한 가지 소원이 떠올랐습니다.

내 손가락 끝에 눈이 있다면 얼마나 좋을까! 이 검지 끝에 눈이 있다면 얼마나 좋을까! 이 검지 끝에 눈이 있다면 저 구멍 속으로 손가락을 밀어넣어 그 속을 다 볼 수 있을 텐데.

그런 소원이 한번 떠오르고 보니 그 또한 참을 수 없을 만큼 간절해져서, 꼭 이루지 않고서는 땅바닥을 뒹굴며 울어대도 시원치 않을 것 같았습니다.

왜 눈은 얼굴에 붙은 이 두 개밖에 없을까? 손가락 끝에 눈이 있다면 참 쓸모가 많겠는데.

영이가 너무나 안타깝게 바라고 있으니까 하얀 천사가 나타났습니다.

"영이야, 하나님께서는 사람에게 꼭 있어야 할 것은 다 주셨단다. 네 눈이 얼굴에 두 개만 있는 것은 그것만 있어도 충분하니까 그렇게 만드신 거야."

천사는 그렇게 말하고 사라졌지만 영이의 불만은 사라지지 않았습니다.

"하나님은 깍쟁이신가 봐. 손가락 끝에 눈이 하나 더 있으면 훨씬 더 많이 볼 수 있을 텐데."

영이가 그렇게 토라져 있으니까 갑자기 왼손 가운뎃손

가락 끝이 근질근질해지더니 눈이 톡 불거져 나왔습니다. 마치 꼬마 손전등의 전구처럼 생겼습니다.

"어머나!"

너무나 기뻐서 영이는 팔짝팔짝 뛰었습니다. 당장 손가락 눈을 사용해보기로 했습니다. 손가락 눈은 얼굴의 두 눈을 감아야만 보이게 돼 있습니다. 얼굴의 눈을 뜨고 있으면 손가락 눈이 안 보이게 돼 있는 것입니다.

영이는 얼굴의 두 눈을 꼬옥 감고 손가락 눈을 담 밑의 그 구멍 속으로 조심조심 밀어넣었습니다.

아, 무언가 보입니다. 반짝이는 것이 그 구멍 저 안쪽에서 빛나고 있습니다. 좀 더 눈을 크게 뜨고 자세히 바라보았습니다. 드디어 분명히 보입니다. 그 반짝이는 것은 큰 쥐의 눈이었습니다. 그 징그럽게 생긴 쥐는 긴 수염을 실룩거리며 금방이라도 달려들 듯이 이쪽을 노려보고 있는 것입니다.

"엄마!"

부르짖으며 영이는 황급히 손가락을 구멍에서 빼내었

습니다. 너무나 놀라고 무서워서 온몸이 떨렸습니다. 마당을 가로질러 방 안으로 도망 와 방문을 꼬옥 잠글 때까지 영이는 제정신이 아니었습니다. 그러나 그것은 재앙의 시작에 지나지 않았습니다.

영이의 손가락에 눈이 생긴 사실을 알았을 때 영이의 부모들은 기겁을 하며 낙심했습니다.

"우리 귀한 딸이 왜 이런 병신이 됐단 말이오!"

슬퍼하고 부끄러워하고 절망하는 부모를 영이는 이해할 수 없었습니다. 영이의 부모는 가죽으로 집을 만들어 눈 달린 손가락에 씌워주며 말했습니다.

"누가 묻거든 손가락을 다쳤다고 대답하고 절대로 눈이 생겼다고 해선 안 된다, 알았지? 다른 사람들한테는 없는 것을 가진 사람을 병신이라고 하는 거야."

"그럼, 내가 병신이 됐단 말이야?"

"아니, 아니. 그보다두 남들이 널 부러워서 귀찮게 할지 몰라. 엄마한테 맹세해. 절대로 남의 눈에 띄지 않게 하겠다구."

"맹세할게, 엄마."

그러나 슬금슬금 소문이 안 날 수 없는 일입니다.

중학생이 되어 첫 중간고사를 치를 때였습니다. 시험감독 선생님이 시험지를 나눠주기 전에 영이에게 명령했습니다.

"영이는 자기 책상을 들고 이쪽 구석으로 와요."

손가락 눈으로 커닝할 염려가 있으니까 뚝 떨어진 외진 구석으로 영이를 떼어놓는 것이었습니다. 친구들이 까르르르 웃어 댔습니다. 영이는 외톨이가 된 느낌을 너무나 깊이 느끼며, 부모님이 왜 그토록 남에게 감추려 했던지 그 이유를 똑똑히 알았습니다.

그 이후론 철저히 남에게 들키지 않으려고 손가락 눈을 붕대로 칭칭 동여매고 다녔습니다.

그러나 여고생 사춘기 시절엔 이따금 남학생한테서 온 편지를 책상 밑에 가리고 읽고 있는 친구의 어깨너머로 슬쩍 그 편지를 훔쳐보고 다른 친구들에게 떠벌리는데 그 손가락 눈을 사용하곤 하였습니다.

어느덧 영이도 성년이 되어 결혼을 하게 되었습니다.

중매로 만난 남자이지만 영이는 남편에게 홀딱 반했습니다.

그런데 첫날밤, 영이는 그만 큰 실수를 하고 말았습니다. 옆에서 먼저 잠들어 있는 남편의 얼굴을 영이는 감상하고 있었습니다. 아까 생전 처음 해본 입맞춤의 그 감미로운 느낌을 되새겨보면서 영이가 지금 바라보고 있는 남편의 입은 깊은 잠에 빠져 반쯤 벌어져 있습니다. 문득 영이는 그 입 속이 보고 싶어진 것입니다. 남자의 입 속은 어떻게 생겼기에 입맞춤이 그토록 황홀했을까? 영이는 슬그머니 손가락 눈을 남편의 입 속으로 디밀었습니다. 그리고 발견한 것은 충치 두 개와 이미 빠져버린 어금니 한 개의 빈자리, 담뱃진으로 까만 이빨 뒷면 등 황막한 풍경이었습니다.

그 이후로 입 맞추려고 다가오는 남편을 영이는 도저히 맞아줄 기분이 나지 않았습니다. 눈앞에 떠오르는 것은 시커멓게 썩고 있는 어금니들이기 때문입니다.

드디어 남편은 아내가 자기를 사랑하고 있지 않다고 단정해버렸습니다.

어느 날 영이가 남편의 호주머니에서 다른 여자의 입술 연지 묻은 손수건을 발견한 것도 그 손가락에 달린 눈으로였습니다.

햇볕과
먼지의
놀이터

　거무튀튀한 송림松林의 모퉁이를 돌아갈 때, 기차는 기적을 한차례 높이 울렸다. 초여름의 밝은 한낮에도 마치 위협하듯이 칙칙하고 무거운 표정을 하고 있는 소나무 숲을 기차는 빨리 지나가버리고 싶어 하는 것 같았다. 한참 동안 보고 있노라면, 기차가 그랬듯이 나 역시 비명이라도 지르지 않을 수 없으리만큼 숲은 음산했고 무표정했다.

　숲이 끝나자마자, 나는 차창을 통하여 멀리 내 목적지를 내려다볼 수 있었다. 그 마을은 초여름의 강렬한 햇살 속에서 지금 녹아가고 있는 중인 것 같았다. 아무런 저항도 하지 않고 오직 무기력하게 햇볕 속에서 자신을 녹아나게 하고 있는 것 같았다.

방금 지나친 소나무 숲의 그 무시무시한 무표정과 지금 내가 차창을 통하여 내려다보고 있는 이 분지 마을의 나른함은 서로 무척 닮았고, 그리고 그것들은 내가 이 마을에 들어가는 것을 거부하고 있는 듯했다.

얼마 후 기차는 나 하나만을 그 마을의 작은 역에 내려놓고 떠났다. 나는 기차가 하얀 연기를 뜨거운 하늘로 올려보내며 멀리 보이는 산모퉁이를 돌아가버릴 때까지 역 구내에 서서 기차를 보고 있었다. 아무래도 잘못 내린 것 같았다. 차라리 그 기차를 타고 종점까지 가는 편이 좋지 않을까. 지금 내게 필요한 것은 오히려 번잡한 도시에 끼어들어가서 흐느적거리는 것이 아닐까. 이 무기력한 작은 시골 마을에서 내가 볼 일은 아무것도 없는 것 같았다. 이 마을 역시 내게 볼 일은 아무것도 없으리라. 산 저쪽에서 올라오고 있는 기차의 구름 같은 하얀 연기를 우두커니 바라보며 서 있는 나의 등을 누군가가 툭툭 쳤다.

"여기서 무얼 하고 계십니까?"

역원이었다. 키가 작고 모자 밑에 번득이는 작은 눈을 가진 사내였다.

"아, 기차를…… 기차를 좀 보고 있었습니다. 잘못 내린 것 같아서요."

"어디 가시는데요?"

"운성雲城……."

"그러시다면 옳게 내리셨습니다."

역원은 내 말이 미처 끝나기도 전에 그렇게 말하며 구내에 서 있는, 역 이름을 알려주는 하얀 표지판을 손으로 가리켰다.

"물론 여기가 운성이란 마을인 줄은 알고 내렸습니다만……."

그러나 이 까만 얼굴을 가진 사내에게 내 심정을 자세히 설명하고 싶은 생각은 없었다.

"저쪽에서 댁이 나오시기를 아무리 기다려도 나오지 않기에 차표를 받으러 온 것입니다. 나가시지 않겠습니까?"

역원은 손으로 개찰구 쪽을 가리키며 생긴 것과는 반대로 공손히 나에게 말했다. 우리는 개찰구를 향하여 걸었다.

"표는 가지셨겠죠?"

역원이 물었다.

"네. 실은 서울역에서 어디로 갈까 망설이다가 운성이란 이름이 좋아서 그만 차표를 사버렸지요."

나는 호주머니에서 차표를 꺼내어 그에게 건네주며 말했다. 역원은 이상하다는 눈초리로 나를 바라보며 차표를 받았다.

"직장에서 며칠 휴가를 얻었죠. 그런데 할 일이 있어야죠. 조용한 곳으로 여행하고 싶었습니다. 그런데 운성, 초여름, 구름이 많을 것 같았습니다. 저는 여름 한낮의 뭉게구름을 좋아하거든요."

나는 하늘을 올려다보았다. 구름은 별로 없었다.

"참 좋은 팔자시군요."

역원은 별로 비꼬는 것 같지는 않은 말투로 말했다.

"구름이야 많지요. 비가 오려고 할 때면 말이죠."

역원이 말했다. 우리는 개찰구까지 걸어와 있었다.

"언제 돌아가실 예정이십니까?"

역원이 인사말로 물어왔다.

"온 김에 하룻밤은 여기서 지내기로 했습니다. 보아하니 별로 신통한 곳은 아니군요."

"근처에 명소가 몇 군데 있습니다."

"낡은 절 같은 거 말씀이신가요?"

"네, 절도 있고……."

"절 같은 건 신물이 납니다. 사람들의 얼굴이나 구경하고 가겠습니다. 전 골상학을 전공하거든요."

나는 농담을 하고 역원과 헤어졌다.

역 앞 광장에서 똑바로 아스팔트 길이 나 있었다. 그러나 아무리 둘러봐도 아스팔트 길은 그것 하나밖에 없었다. 나는 그 길을 걷기로 했다. 좀 더 먼 시골로 가는 성싶은 버스가 한 대 역 앞 광장에서 손님들을 모으고 있는 게 보였다. 아이스케이크 장수 서너 명이 버스를 둘러싸고 서성거리고 있었다. 그중 한 애가 나를 보더니 아이스케이크 통을 어깨에 메고 달려왔다.

"아이스케키 사세요. 달고 시원합니다."

나는 고개를 흔들었다. 아이는 더 조르지 않았다. 다만, 그 근처엔 오직 자기와 나밖에 없는데도 불구하고,

"달고 시원한 아이스케키이……."

하고 목청을 높였다.

좌우를 살피며 나는 느린 걸음으로 거리를 지나갔다. 이 작고 한적하기만 한 마을에 비하면 너무 호화롭고 야단스러운 상점이 몇 개 눈에 띄었다. 거리를 지날 때, 사람들은 가던 길도 멈추어 나를 오랫동안 바라보며 서 있곤 했다. 이 작고 누추하고 무덤 속 같은 마을에서 나는 홀로임을 뼈저리게 느꼈다. 완전히 낯선, 이상하게 눈만 번득이는 검은 얼굴들이 나를 나 홀로이게 만들었다.

아스팔트 길이 끝나는 곳까지 나는 갔다.

거기서부터는 자갈이 울퉁불퉁한 길이었다. 나는 좀 더 가보기로 했다. 아직 찾아보려고 하지 않았지만 여관은 어디에고 있으리라. 흙길의 좌우로 처마가 낮은 초가집들이

줄지어 서 있었다. 흙길도 이내 끝나고 길이 끝난 곳에 아름드리 고목 몇 그루가 서 있었다. 길의 끝이기도 했지만 이 소읍의 끝이기도 했다. 거기서부터 벼가 자라고 있는 들이 시작되고 있었다. 고개를 돌려보니, 멀리, 아까 기차가 소리를 지르며 지나치던 송림이 우중충한 얼굴로 이 마을을 내려다보고 있었다. 나는 발길을 돌려 온 길을 되돌아갔다. 아무것도 볼 것은 없었다. 풍성한 것은 햇볕뿐, 모든 것은 찌들대로 찌들어 있는 것이었다. 눈을 반드시 가질 필요가 없는 곳이었다. 나는 숙소를 정하기 위하여 다시 역사 앞으로 걸어갔다.

나는 눈을 떴다. 잠시 동안 나는 내가 어디 있는지 알 수 없었다. 몰취미한 벽지, 그 위에 눌어붙어 있는 빈대의 핏자국, 여관방 특유의 비린내가 잠이 깬 나에게 달려들었다. 누가 내 방문을 흔들고 있는 것이었다.

"손님, 손님, 손님…….."

아, 내 방문을 흔들며 나를 부르는 소리 때문에 나는 잠이 깬 것이었다. 나는 방문을 열었다. 아직도 한낮. 강렬한 햇빛이 내 눈을 감기게 했다.

"아이구, 인제야 깨시는군요. 한참 동안 불렀는데, 원, 손님, 낮잠도……."

여관의 주인영감의 음성이었다.

"왜 그러십니까?"

나는 여전히 한 손으로 감은 두 눈 위를 덮은 채 물었다.

"손님이 오셨어요."

"저에게요?"

"네."

나는 손을 내리고 눈을 떴다. 햇빛을 등진 사내가 주인영감의 곁에 서서 나를 내려다보고 있었다. 스물대여섯쯤 보이는 잘생긴 얼굴이었다. 옷차림은 오랫동안 입고 있었던 것인지 다 낡은 제대복이었다. 그 청년은 이상스럽게도 나를 비웃는 듯한, 또는 화가 나 있는 듯한 눈짓을 나에게 쏘아오고 있는 것이었다. 그가 경찰인지 모른다는 생각이 들어서 나는 벽에 걸려 있는 윗도리 안 호주머니 속에 있는 내 신분증명서를 얼른 생각했다.

"왜 그러십니까?"

내가 그에게 물었다.

"형씨가 오늘 기차에서 내렸소?"

그는 햇볕과 땀 때문에 쉬어 있는 듯한 음성을 냈다.

"그렇습니다만……."

"좀 물어볼 게 있는데요."

"들어오시죠."

"마루로 나오시죠."

나는 불쾌했다. 그러나 이곳은 나에게는 완전한 타향, 타향 사람은 원주민의 의견을 존중해야 한다. 나는 마루로 나갔다. 청년이 주인영감을 쫓아 보냈다.

"경찰에 계십니까?"

내가 물었다.

"그건 알 필요 없소. 묻는 말에 대답이나 하시오."

그의 목소리는 약간 떨리고 있었다. 순진한 청년이라는 인상을 그의 떨리는 음성이 나에게 주었다.

"요즘이 어떤 세상인데 당신이 누군지도 모르고 대답을

하란 말이요?"

내가 그를 빈정거렸다.

"이 새끼가!"

그는 마루에서 벌떡 일어서며 주먹을 꽉 움켜쥐면서 나에게 나직이 소리쳤다.

"네가 무엇 하러 이곳에 온 줄 다 안단 말이야. 묻는 대로 대답만 해. 너 언제 돌아갈 거지?"

"내일 돌아갈 예정인데…… 무슨 오해가 있으신 모양인데……."

"오해? 그래 미숙이를 네가 어떻게 하겠다는 거야? 어디 한번 말해봐."

갈수록 알 수 없는 얘기였다.

"미숙이?"

"그래, 이 새끼야. 미숙이한테 손가락 하나 댈 수 있을 거 같아서 왔니?"

"반말지거리는 관두고, 차근차근 얘기해보시오. 난 이곳에 처음 오는 사람이오. 미숙이란 사람은 알지도 못 하오. 사람 잘못 본 거 아니오."

그는 잠시 동안 당황한 표정이었다. 그러나 다시 험악한 표정으로 말했다.

"시치미 떼지 마. 네가 이곳에 처음 오는 줄은 알고 있어. 미숙이가 서울에 있을 때, 미숙이를 죽이겠다고 칼을 품고 다니던 게, 그래 네가 아니란 말이야?"

나는 기가 막혔다. 미숙이? 아무래도 난 들어보지 못한 이름이었다.

"아무래도 무슨 오해가 있는 것 같소. 난 미숙이란 여자를 몰라요. 우연히 이름이 맘에 들어서 이곳으로 여행을 온 것뿐이오. 와보니 신통찮아서 차만 있다면 오늘이라도 떠나버리고 싶은 곳이오. 난 이 이상 할 얘기가 없소. 당신에게 무슨 사정이 있는 모양인데 내게 얘기해줄 수 없겠소?"

나는 그가 알아들을 수 있도록 성의껏 소리를 낮추어서 말했다. 그는 오랫동안 나를 의심스럽게 내려다보며 서 있었다. 그러나 그제야 무엇인가를 이해한 모양인지 입가에 미소를 띠고 나에게 말했다.

"제가 잘못 본 모양입니다. 미안하게 됐습니다."

그러고는 아무 설명도 없이 밖으로 걸어 나가버렸다.

그가 가버린 후에도 얼마 동안 나는 기묘한 사건 속에 내가 끌려든 듯한 느낌을 버릴 수가 없었다. 나는 주인영감을 불렀다.

"아까 그 사람을 혹시 알고 계십니까?"

"내 친구 아들인데 참 얌전한 사람이라우. 군대에서 제대한 지 이제 몇 달 되지 않은 사람인데, 손님과 잘 아시는가요?"

"전 처음 보는 사람입니다. 그 사람 뭐 하는 사람이지요?"

"자기 집에서 농사를 짓고 있는데…… 무슨 얘기를 하셨소?"

"아무 얘기 안했습니다."

나는 정말 그 청년이 내게 한 얘기는 하나도 알 수가 없었다.

그런데 한 시간 후쯤, 나는 다시 기묘한 일을 당하게 되었다. 주인영감과 장기를 두고 있는데 어떤 여자가 나를 찾는 것이었다.

"오늘 기차에서 내리신 손님 여기 계시죠?"

여자는 주인영감에게 묻고 있었다. 나는 무슨 근거에선지 문득 저 여자가 미숙이라는 여자구나, 하는 생각을 해버렸다.

"전데요."

내가 말했다.

"아!"

여자는 잠깐 놀란 듯한 몸짓을 지어 보였다. 그러나 그 몸짓이 꾸민 것이라는 것을 알 수 있었다. 푸른 줄무늬의 원피스를 입고 있어서인지 이런 시골과는 어울려 보이지 않았다. 별로 화장을 하지 않은 얼굴은 둥그스름했고 눈코입이 균형 잡혀 있었다. 그러나 모든 이곳 사람들과 마찬가지로 까만 얼굴이었다.

"당신이 미숙이라는 분인가요?"

"네."

그 여자는 나를 조용히 건너다보며 대답했다.

"잠깐 여쭐 말씀이 있어서……."

어느새 주인영감이 자리를 피해버리고 있었다.

"이쪽으로 앉으시죠."

그 여자는 필요 이상으로 내 곁에 바싹 다가앉았다.

"초면에 죄송스럽습니다만, 제 부탁 하나만 들어주셨으면 은혜는 어떻게 해서든지 갚겠습니다."

여자는 해괴한 얘기를 시작하는 것이었다.

"들어줄 수 있는 부탁이라면…… 그런데 도대체 어떻게 저를……."

"아까 선생께서 역에서 나오시는 것을 보았어요. 그리고 몰라도, 이분에겐 부탁해도 되겠다는 생각을 했어요."

"무슨 부탁입니까?"

나는 오직 나 홀로뿐이라고, 이 가난한 고장의 먼지와 햇볕뿐인 거리를 걸을 때 생각했던 기억이 떠올랐다.

"저는 여기 다방에서 일하고 있어요. 그런데 저를 못살게 쫓아다니는 사람이 있어요. 자기와 결혼해주지 않으면 저를 죽이고 말겠다고 협박하며, 언젠가는 제 가슴에 칼을 들이대기도 했어요."

"아까 나를 찾아온 사람입니까?"

"네, 바루 그 사람이에요. 그 사람에게 잠깐 연극을 해주세요."

"연극을요? 왜요?"

"저를 위해서 한 번만 수고해주세요. 이렇게 부탁드립니다."

그 여자는 정말 연극 속에서처럼 두 손을 기도하듯이 모으고 나를 빤히 올려다보고 있었다. 햇볕에 그을려 까만 얼굴 위에서 눈동자가 이상스러울 만큼 처량하게 빛을 뿜어내고 있었다.

"어떤 연극입니까?"

"간단한 거예요. 저와 팔짱을 끼고 거리를 조금만 걸어주시면 되는 거예요. 그리고 그 남자가 선생님을 다시 찾아오면, 미숙이는 내 애인이라고 한마디만 해주시면 되는 거예요."

나는 그 여자가 미친 여자가 아닌가 하는 생각이 문득 들었다.

"그래서 당신에게 좋을 게 뭐란 말씀이오?"

"그러면 그 남자는 겉과 달라서 속은 약한 사람이니, 다시는 저에게 결혼해달라는 얘기를 하지 않을 거예요."

"그게 목적입니까?"

"네."

주인영감과 장기나 두고 있는 것보다는 재미있을 것 같았다.

"해봅시다."

자리에서 일어나며 내가 말했다.

우리는 팔짱을 끼고 거리로 나갔다.

그 여자는 내가 정말 오랜만에 만난 여인이라도 되는 것처럼 팔짱을 바싹 끼고 있었다. 땀이 마구 솟아서 맨살을 대고 있는 게 몹시 불쾌했다.

"언제까지 끼고 있는 겁니까?"

나는 천천히 걸으면서 나지막하게 말했다.

"거리의 저 끝까지 갔다가 다시 돌아오면 되는 거예요. 어디선가 그 사람은 보고 있을 거예요."

"제가 오히려 감사를 드려야겠어요."

"왜요?"

"처음 와보는 곳에서 대뜸 여자와 팔짱을 낄 수 있으니 복도 많은 놈이라는 생각이 드는군요."

"죄송해요, 선생님."

우리는 아스팔트 길의 끝까지 갔다가 다시 돌아왔다. 나는 그 여자가 일하고 있다는 어느 골목 속에 있는 다방까지 그 여자를 바래다주고, 공연해준 사례로 차 한 잔을 대접받고 나왔다.

그날 밤, 나는 청년 세 명의 습격을 받았다. 그중 하나는 낮에 다녀간 청년이었다. 그들은 나를 끌고 들판으로 나갔다. 거기서 나는 눈이 부어오르고 입술이 터지고 코피가 내 셔츠를 적실 때까지 두들겨 맞았다. 언어맞는 동안 나는 별로 억울하다는 생각이 들지 않았다. 다만 그 여자가 내게 했던 말이 정말이기만 바라고 있었다.

다음 날, 기차를 타기 전에 나는 그 다방으로 가보았다.

"죄송해요, 선생님."

그 여자는 매 맞아 부어오른 내 얼굴을 보며, 그러나 말과는 반대로 생글생글 웃으면서 말했다.

"지금 떠나시나요?"

그 여자는 내 여행 가방을 가리키며 말했다.

"연극은 효과를 보았습니까?"

"효과요? 오히려 더 곤란하게만 되었어요."

"한 번 더 팔짱을 끼고 걸어볼까요?"

내가 말했다. 그 여자는 조용히 웃기만 했다. 그리고 의자에서 일어나며 말했다.

"이곳은 굉장히 심심한 곳이에요. 선생님, 기차 시간이 다 됐어요. 빨리 역으로 가보세요."

나도 자리에서 일어섰다. 그리고 손을 내밀어보였다. 예상과 다르게 그 여자는 순순히 내 손을 쥐었다.

"안녕히 계세요."

"안녕히 가세요, 선생님. 고마웠어요."

기차를 탄 후 출발할 때까지 나는 마을을 내려다보고 있었다. 선생님, 이곳은 굉장히 심심한 곳이에요. 나는 부어 오른 눈두덩을 손으로 쓰다듬어보았다. 미소라도 짓고 싶었다. 햇볕은 어제와 마찬가지로 마을을 녹여버릴 듯이 내리쬐고 있었다. 기차에서 내려다보고 있으면 그 마을엔 사람이 하나도 살고 있는 것 같지 않았다. 오직 햇볕과 먼지의 놀이터 같았다. 햇볕과 먼지의 놀이터!

가짜와
진짜

– 전북 익산에서

경찰은 '못 살겠다. 투자 실패로 힘들다'는 내용의 유서를 발견했다. A씨의 아파트 안에서 타다 남은 번개탄을 발견했다. 전북 익산에서 여성이 생활고를 비관해 두 자녀와 함께 동반 자살을 기도했다. A씨 35세, 아들 7세, 딸 2세가 연탄가스에 질식해 쓰러져 있는 것을 A씨의 남편이 발견해 경찰에 신고했다.

A씨의 남편은 "아내가 연락을 받지 않아 집에 가 보니 가족들이 쓰러져 있었다"고 말했다.

신고 직후 A씨 등은 모두 병원에 이송됐으나 아들은 숨지고 A씨는 중태에 빠졌다. 딸은 비교적 상태가 양호한 것으로 알려졌다.

　경찰은 자세한 사고 경위를 조사하고 있다. A씨는 최근 남편과 이혼 절차를 밟기로 합의한 뒤 현재 별거 중인 것으로 알려졌다.

2014년 3월 5일 '익산 뉴스'

　- 죄송합니다

　2014년 2월 서울 송파구 석촌동의 한 주택 반지하방에 살던 박모 씨가 두 딸과 함께 목숨을 끊기 전 집주인에게 남긴 메모.

　주인아주머니께 죄송합니다. 마지막 집세와 공과금입니다. 정말 죄송합니다.

　봉투 안에는 현금 오만 원짜리 열네 장으로 칠십만 원

이 들어 있었다. 8년 동안 함께 산 집주인 임모 씨(73세) 부부에게 남긴 거였다. 세 모녀는 매달 20일 월세와 전기, 수도, 가스비 등 공과금을 내왔는데 8년 동안 한 번도 거른 적이 없었다. 보증금 오백만 원도 그대로였다. 삼십팔만 원이었던 월세는 지난해 1월부터 오십만 원으로 올랐다. 공과금은 매달 이십 여만 원 정도 나왔다. 오른 월세와 공과금은 세 모녀에게 적지 않은 부담으로 다가왔다.

임씨는 "집에 TV가 켜져 있기에 사람이 있는 줄 알고 전기세 고지서를 전해주러 문을 두드렸는데 반응이 없자 이상한 마음에 경찰에 신고했다"며 "벽지가 뜯어지고 낡아 도배를 새로 해준다고 해도 '부담되실 텐데 괜찮다'며 거절할 만큼 착한 가족이었는데 너무나 안타깝다"고 말을 잇지 못했다.

세 모녀는 26일 오전 8시 30분경 허름한 자택 침실에서 싸늘한 시신으로 발견됐다. 박 씨는 침대에, 두 딸은 바닥에 누워 있었다. 침대 옆에는 타다 남은 번개탄 한 개가 은색 냄비 안에 담겨 있었다. 창문과 문 틈새는 연기가 빠져나가지 않게 청테이프로 막혀 있었다. 방구석의 종이박스 안에는 세 모녀가 키우던 고양이도 함께 죽어 있었다. 박모 씨 61세, 큰딸 36세, 작은딸 33세. 박 씨는 12년 전 남편이 방광암으로 사망한 뒤 식당일을 하며 홀로 생계를 책임졌다. 큰딸은 당뇨와 고혈압을 심하게 앓아 일을 하지 못했고, 작은딸은 간간이 아르바이트를 했지만 일정한 직장이 없었다.

송파경찰서는 박 씨 가족이 20일 동네에서 육백 원짜리 번개탄 2개와 천오백 원짜리 숯 1개를 산 것으로 미루어 그즈음 생활고를 비관해 스스로 목숨을 끊은 걸로 보고 있다. 큰딸은 당뇨와 고혈압으로 고통을 받았지만 돈이 없이 병원에도 제대로 가지 못한 것으로 알려졌다. 현장에는 큰딸이 혈압과 당뇨 수치를 직접 기록한 수첩이 발견됐지만 병원에서 진료를 받은 기록은 없었다. 두 딸은 신용카드 대금이 밀려 신용불량자 상태였다. 박 씨는 지난달 오른팔을 다쳐 식당 일을 못 하게 된 이후 생활고가 더 심해졌지만 마지막 가는 길에 집세와 공과금을 남기고 떠날 만큼 집주인 부부에게 폐를 끼치고 싶지 않아 했다. 가난한 가족의 슬픈 자살이었다.

작가
연보

1941년 12월 23일 일본 오사카에서 아버지 김기선과 어머니 윤계자의 장

남으로 태어난다.

1945년 귀국하여 전남 진도와 전남 광양에 일시 거주한다.

1946년 순천으로 이사하여 정착한다.

1948년 순천 남국민학교에 입학한다. 여순반란사건이 발발한다. 부친이 사

망한다.

1949년 여수 종산국민학교(현재 중앙초등학교)로 전학한다.

1950년 6·25 전쟁이 발발한다. 경남 남해로 피난한다. 수복 후, 순천 북국

민학교로 전학한다.

1954년 순천중학교에 입학한다. 학생회장으로 활동한다.

1957년 순천고등학교에 입학한다. 배구선수, 학생회장으로 활동한다.

1960년 서울대학교 문리대 불문과에 입학한다.

1962년 『한국일보』 신춘문예 단편소설 「생명연습」 당선으로 문단에 데뷔한다. 강호무, 김성일, 김창웅, 김치수, 김현, 염무웅, 서정인, 최하림과 동인지 『산문시대』를 발간한다.

1964년 「무진기행」 「차나 한잔」 「싸게 사들이기」 등을 발표한다.

1965년 서울대학교를 졸업한다. 「서울, 1964년 겨울」로 사상계사 제정 제10회 동인문학상을 수상한다.

1966년 「무진기행」의 시나리오를 집필한다. 단편집 『서울, 1964년 겨울』이 창문사에서 출간한다.

1967년 중편 「내가 훔친 여름」을 『중앙일보』에 연재한다. 김동인의 「감자」를 각색·감독하여 영화로 만든다. 백혜욱과 결혼한다.

1968년 이어령의 「장군의 수염」을 각색하여 대종상 각본상을 수상한다.

1970년 당시 「오적」 사건으로 김지하가 투옥되자 이호철, 박태순, 이문구 등과 김지하 구명운동을 전개한다.

1971년 월간지 『샘터』 편집 주간을 지낸다.

1976년 창작집 『서울의 달빛 0장』으로 문학사상사 제정 제1회 이상문학상을 수상한다. 일요신문에 「강변부인」을 연재한다. 수필집 『뜬 세상에 살기에』를 출간한다.

1980년 장편 「먼지의 방」을 『동아일보』에 연재 시작했으나 광주사태로 인한 집필 의욕 상실로 15회 만에 자진 중단한다.

1981년 4월   종교적 계시를 받는 극적 체험을 한 후, 성경 공부와 수도 생활을 시작한다.

1985년   월간지 『샘터』 편집위원을 지낸다.

1989년   『샘터』를 퇴직한다.

1991년   한국공연윤리위원회 위원을 지낸다.

1999년   세종대학교 국어국문학과 교수를 지낸다.

2001년   성결대학원에서 신학을 공부한다.

2003년   뇌졸중 진단을 받는다.

2004년   세종대학교를 퇴직한다. 산문집 『내가 만난 하나님』을 출간한다.

2009년   순천고등학교에 소설가 서정인, 김승옥 문학비가 세워진다.

2010년   순천시청 주관으로 김승옥관, 정채봉관이 설립된다.

2012년 2월   기독교문화예술원상을 수상한다. 3월 23일 황충상, 윤후명, 이채형과 함께 등단 50년을 맞이한다. 9월 5일 대한민국예술원상을 수상한다.

2013년   KBS 순천방송국에서 김승옥의 등단 50주년을 기념해 '김승옥 문학상'을 제정한다.